落第騎士英雄譚
海空陸
RIKU MISORA
繪者 WON
4

落第騎士英雄譚
Cavalry
4
©Won

『吾為遙不可及之巔頂與終末。
以雙劍開天闢地之人。
吾名為《比翼》愛德懷斯。
稚嫩的少年啊，汝將親身領悟世界的寬廣。』

於是——《落第騎士》黑鐵一輝，
Worst one
與世界最強的劍士《比翼》愛德懷斯展開激戰。
©Won

©Won
莎拉·
布拉德莉莉
紫乃宮天音

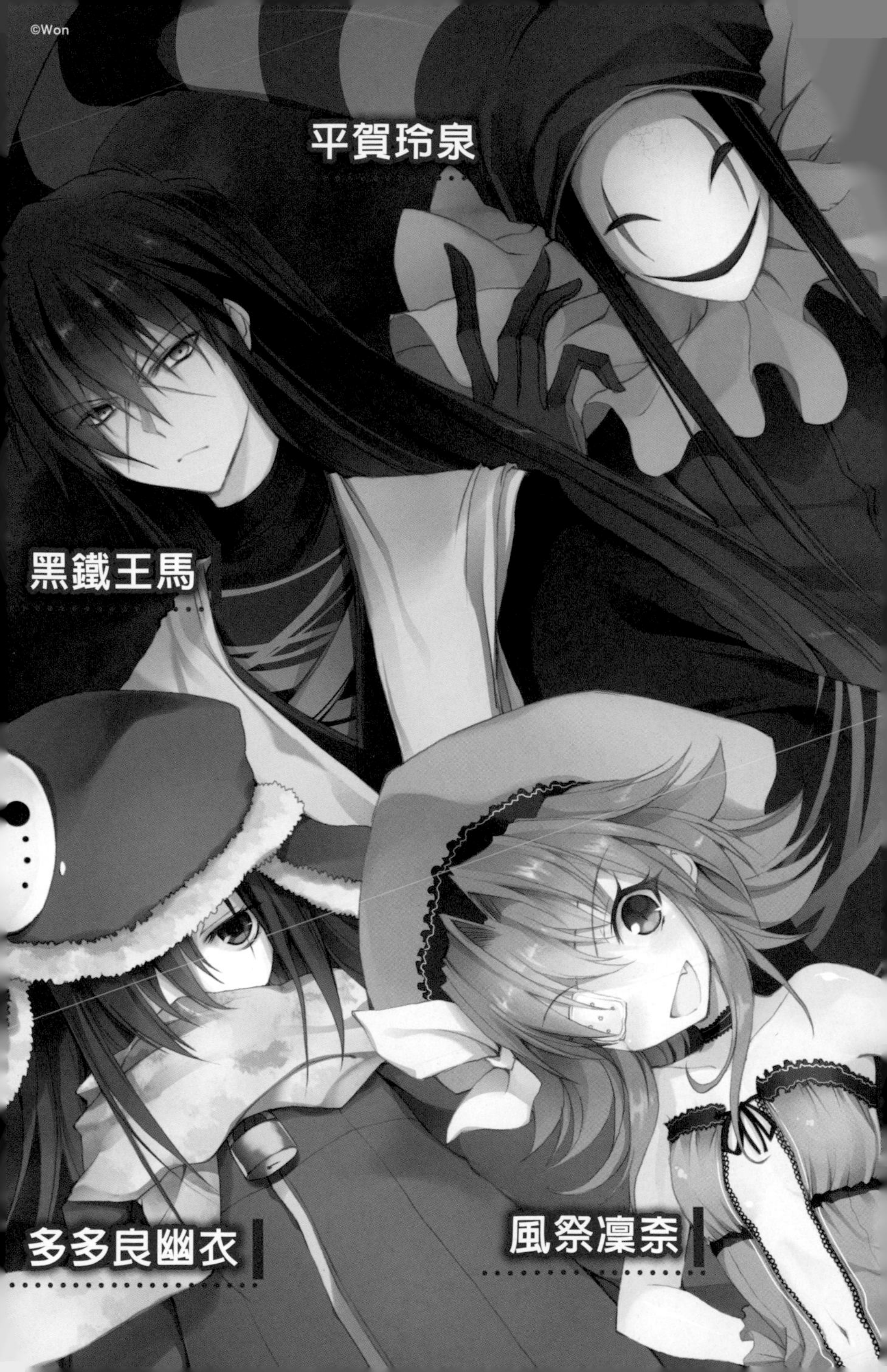
©Won
平賀玲泉
黑鐵王馬
多多良幽衣
風祭凜奈

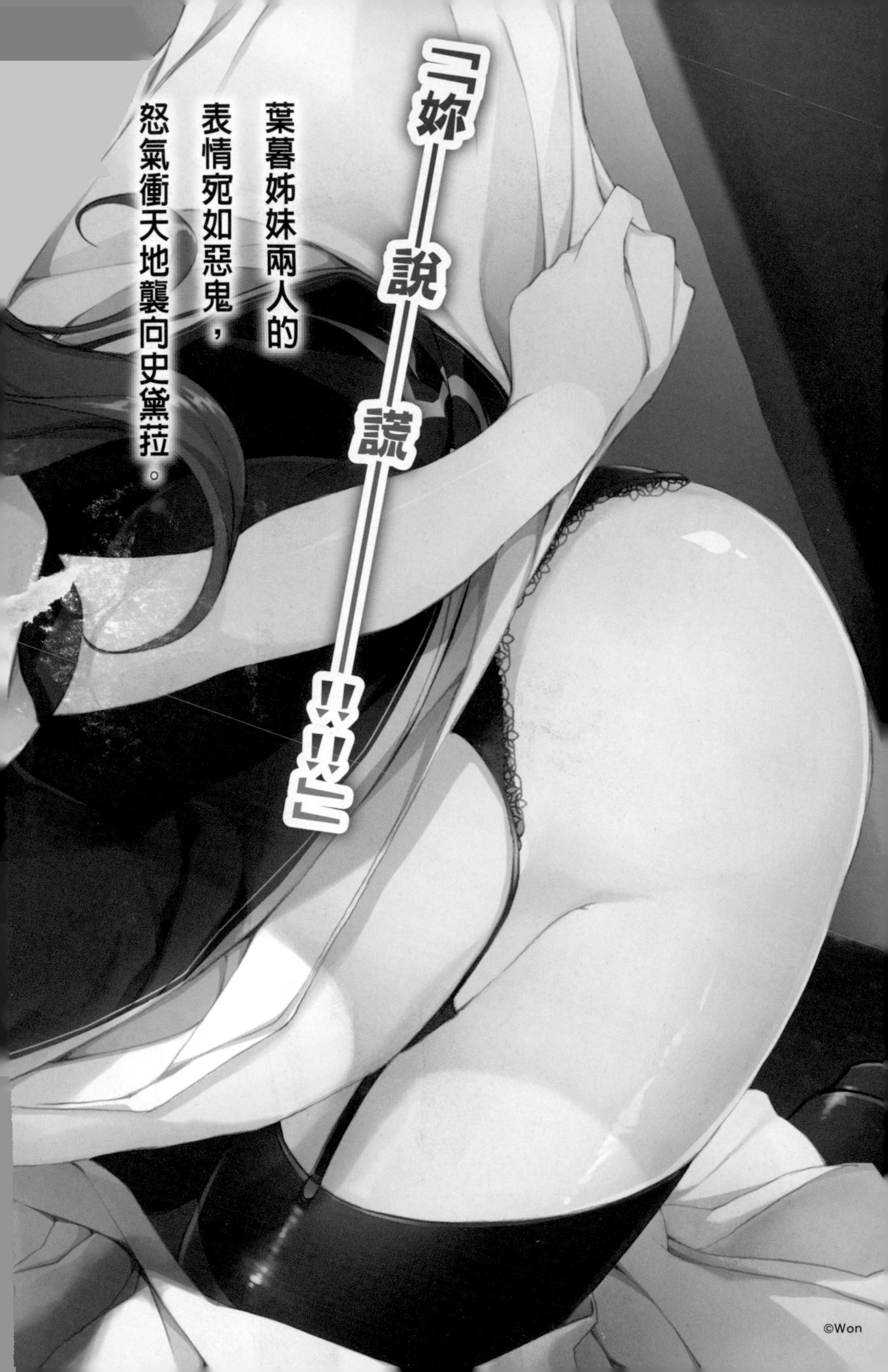
「妳說謊！」
葉暮姊妹兩人的
表情宛如惡鬼，
怒氣衝天地襲向史黛菈。
©Won

「我就說我的脂肪
全都跑到
胸部去了嘛！」

CONTENTS

序章　雪國的街道

「你們聽好了。酒可是『帥氣的大人』才能喝，所以可以喝得下酒的人就是大人。」

位於歐亞大陸北部——一個白雪紛飛的國度，因寒冬染上灰暗的天空下。

一名十歲左右的紅髮少女站在教會裡的雜物間前，手中抓著綠色酒瓶，大聲說道：

「只要能吞下這玩意，你們就不再是『小孩』了！你們將會加入我們的行列，成為『帥氣的大人』。而『帥氣的大人』絕對不會背叛夥伴！也不會對弱小的人見死不救！這杯酒就是你們對夥伴們的誓約。你們做好覺悟了嗎!?」

兩名大約五、六歲的男孩站在少女前方，抬頭挺胸地大聲答道：

「「是！我們做好覺悟了！」」

「很好！那就讓我見識一下你們的覺悟吧！」

「是！」

兩名男孩回應完，便伸出自己嬌小的雙手，做出碗狀的姿勢。

而紅髮少女在兩人的掌上倒出些許酒水。

接著兩名男孩同時將手中的酒接到唇邊，一口氣喝下——

「嘔、噁噁～～～～～～」

然後兩人同時吐了出來。

「這、這是什麼啊、好臭……」

「辣得喉嚨好痛……」

兩人雙手撐在地板上，用力嘔吐。

紅髮少女俯視兩人——爽快地大笑。

「你們兩個還早得很呢！明年再讓你們試一次，你們就乖乖再讓我跟艾莉絲保護一年吧！」

「嗚嗚嗚…………」

「奇摩爾，要當大人真辛苦啊……」

兩名男孩哭喪著臉，含淚抓起腳下的雪塊抹了抹嘴巴。

一名少年站在遠處注視著兩名男孩。他的外貌看似與紅髮少女同年，微微彎起的嘴角隱約蘊含一絲母性。

「呵呵呵，你們兩個離『帥氣的大人』還有段距離呢。」

他擁有一頭色調偏暗的灰金色髮絲。

少年渾身沾滿泥巴、煤灰，乍看之下只是個髒兮兮的瘦弱孩子，但仔細觀察便會發現，這名少年美得令人醉心。

這名少年未來將會自稱有栖院凪，進入破軍學園。這正是他的兒時樣貌。

少女從兩名男孩身邊走向有栖院——不，是艾莉絲。而艾莉絲則開口說道：

「尤利，妳也真是個『壞大人』呢。奇摩爾跟康德拉都還只有六歲而已，妳早就知道他們喝不下那種東西，何必真的讓他們喝呢？」

而少女則是勾起嘴角，邪邪地笑著。

「沒關係啦。這樣他們會想快點長大，也會變得更強悍啦。」

少女名為尤利。

她和艾莉絲同樣是流落街頭的孤兒。他們是一個小集團的首領，而這間老舊教會的雜物間便是他們的據點。

尤利身為女性，性格卻好強且豪爽。

艾莉絲身為男性，性格則是溫和又纖細。

他們各方面都是大相逕庭，但卻有一個共通點。

那就是——他們都認為，自己一定要守護這些必須自力更生的孱弱孩童。

所以兩人保護這些比自己幼小的流浪兒童，並且養育他們。
尤利就像個嚴厲的父親。
艾莉絲則是溫柔的母親。
他們年紀雖小，卻完美地扮演好他們的角色。
——而方才便是在舉行這個集團的成年儀式。
綠色的酒瓶中裝有烈酒，只要團內的小孩能喝得下烈酒，就不再是受人保護的「孩子」，能夠加入大人的行列，成為他們的「夥伴」。
他們沒有父母，也沒有能夠依賴的大人。
所以——就算只長高一公分也好，他們必須盡早成為大人才行。
尤利是這麼想的，所以才有了這個儀式。
但不管有什麼理由，怎麼能讓小孩喝酒——
「啊啊！尤利！妳又給年幼的孩子喝酒了！」
「糟啦！是修女！大家快閃！」
這個教會的大小事都是由一名虔誠的修女獨自包辦。此時修女正好發現了他們，尤利與兩名年幼的男孩立刻如鳥獸散。
首領一聲令下，大家便拔腿就跑。由此可見，男孩們對尤利的信賴是多麼深厚。
不過——
「壞孩子們，給我站住！你們不回來的話，今天的湯就沒了！」

「我是被首領強迫才喝的。」

「全都是首領的錯，不是我們的錯，真的！」

不過在熱湯之前，那信賴只有面紙一般厚而已。

「你、你們這些混蛋——!?給我記住——！」

「呵呵呵。」

艾莉絲見識到男孩們的逞強，輕聲笑了幾聲，接著站起身。

太陽西下，差不多到了工作的時間了。

就在此時——

「啊、艾、艾莉絲姊姊！」

雜物間中走出三名女孩。

他們的年紀從小到大排列，大約只有五歲、六歲、七歲而已。

而其中一名七歲的女孩子——同時她也是這個集團中，尤利與艾莉絲以外最年長的少女，名叫安娜絲塔西亞。只見安娜絲塔西亞走到艾莉絲面前，潔白的雙頰紅得跟蘋果似的。

「這、這個給你……」

她扭扭捏捏地遞出一條手織的圍巾。

這幾天安娜絲塔西亞用修女分給她的毛線，並請手藝靈巧的艾莉絲教導她，親手織成這條圍巾。

艾莉絲以為她是想請艾莉絲看看成果，所以他接過圍巾——

「哎呀，織得很漂亮呢。妳很努力喔。」

稱讚了一下，便打算還給她。

但少女卻將圍巾推回艾莉絲胸前。

「這、這是送給姊姊的禮物！」

「送給我的？」

安娜絲塔西亞輕輕點了點頭。

「因為姊姊總是為了我們，在冷冰冰的外頭、努力工作啊。」

「…………這樣啊。」

艾莉絲了解安娜絲塔西亞的心意，便將她親手編織的圍巾圍在自己的脖子上。

奇妙的是，這條圍巾感覺比他在外頭撿來的圍巾更加暖和。

「好溫暖……謝謝妳，娜塔莎。」

「嘻嘻。」

艾莉絲道了聲謝，安娜絲塔西亞則是開心地展開笑顏。

她那令人憐愛的微笑，不只溫暖了艾莉絲的身體，更溫暖了他的心靈。

——老實說，他們的生活非常辛苦。

集團裡總共有兩名男孩跟三名女孩。雖然修女好心借給他們雜物間，但是兩名年約十歲的孩子要養育這些弟妹，無論如何都很困難。

他們雖然在幫當地的黑手黨工作，但是賺來的錢扣掉上繳的保護費，所剩金額少之又少。他們的糧食只有修女偶爾煮給他們的熱湯，以及保存在塑膠袋裡頭，那些硬邦邦的麵包。大家只能平分這些為數不多的食物，平分後的量對這些發育期的孩子們來說根本不夠，因此他們總是餓著肚子。

但即使如此，對艾莉絲來說這些日子依舊幸福不已。

的確，他吃到的食物比起自己獨自過活的時候少了不少。

為了養育孩子們，他必須比獨自流浪的時候更加努力工作。

但是——以前的自己只能獨自苟且偷生，偷竊、互相搶奪。比起那些時日，像現在這樣疼愛他人的每一天，更令他心滿意足。

只要能與重要的同伴們互相依偎，共同生活下去。

除此之外，他不奢求什麼。

他不會再要求更多了。

他只希望明天、後天，也能像今天一樣，安穩地度過每一天就好——

沒錯……

他明明只希冀著這樣的生活而已——

第一章 強化集訓

時間來到七月下旬。

梅雨停歇，時節進入夏季，潔白的積雨雲高掛晴空。

第一學期在繁忙的選拔戰中結束，破軍學園的暑假也隨之開始。

碰上難得的長假，許多學生也藉此機會回鄉，校內頓時荒涼不少。

剩下的學生，大多是打算在東京盡情享受暑假。

或是想借用學園內豐富的設備鍛鍊自己——

更甚者，則是與老家有不少錯綜複雜的問題，想回去也回不去。

……但出乎意料的是，黑鐵一輝的身影並不在其中。

同樣的，他的好友與妹妹也不見身影。

究竟是為什麼——

理由便是迫在眉睫的七星劍武祭。

七星劍武祭將在八月中舉行。

而不論什麼樣的運動，只要碰上這樣的大會，通常都會在大會開始前舉行強化集訓。

破軍也不例外，他們每年都會舉辦強化集訓。

那是總計十天的集中訓練，地點是在奧多摩的集訓場。

而其中將會請來活躍於ＫＯＫ（King Of Knight）聯盟的職業魔法騎士擔任講師授課。若是不參加這次集訓，等到七星劍武祭當日，實力肯定會與其他選手產生極大落差。

校園內不見一輝等人，正是因為他們以代表選手，或是選手的助手身分參加這次集訓。

——不過這次集訓地點並不在奧多摩。

原因當然是那件「奧多摩巨人事件」。

那件事至今仍未解決，謎團重重。

襲擊一輝一行人的岩石巨人在那之後，就不曾再出沒，但還是不能百分之百保證當地的安全。

於是新宮寺理事長便委託「巨門學園」，讓破軍的選手們與「巨門學園」代表選手進行共同集訓，而地點就在位於山形的集訓場。

〈紅蓮皇女〉史黛菈・法米利昂。

這名少女為了磨練自己，從遙遠的異國，渡海來到武士們的國度。而她現在在這遠離東京的山形大地上，投身於自己夢寐以求的戰鬥當中。

「唔———！」

巨門集訓場的模擬戰專用戰圈內。

紅蓮焰火與黃金雷光互相衝撞、激盪，花火四散。

史黛菈揮舞著纏繞豔紅火焰的巨劍。

威力與疾速。

無與倫比的強大力量，以及壓倒性的魔力催化而出的高度機動力。

史黛菈・法米利昂這名騎士幾乎是無懈可擊。

史黛菈高人一等的優秀攻擊力確實引人注目，但她真正的實力，是來自於整體實力的均高。

攻擊、防守、速度。史黛菈所擁有的各項能力、才能，都維持非常高的平衡。

這才是真正的A級騎士——

不過現在與她正面交鋒的敵人，卻能直接壓制史黛菈的猛攻。

眼前的敵人光是能和史黛菈交戰，便能由此看出，她的實力必定具有相當程度。

◆◇◆◇◆

常人若是正面接下史黛菈的強力一擊，區區人體恐怕會被破壞得體無完膚。

而她那優雅柔軟的防禦，扼殺了那一次又一次降下的強勁斬擊。

她展現出精湛的技巧。不只是一面倒的防守，更迅速且巧妙地反擊。

與史黛菈對峙的敵人擁有這一切。

但那也是理所當然的事。

因為史黛菈現在的對手，正是破軍首屈一指的學生騎士——〈雷切〉東堂刀華。

她與其他學生會成員擔任志願教練，一同參與集訓。

「去!!」

在分秒必爭的刀劍交戰當中，刀華展現了她靈巧的技術。

鋼鐵與鋼鐵相互碰撞，噴灑火花的瞬間，她便扭轉手腕，卸除其中產生的衝擊力。

而刀華宛如合氣道般的柔軟技巧，使史黛菈的身體失去支撐。

衝擊力道被卸除，劍身因此打滑。

「咕唔！」

但史黛菈可是一流的騎士。

即使劍身偏移，也不至於全身失去平衡。

史黛菈靠著充分鍛鍊的強韌下身，將身體紮實地扣緊地面。

不過當中卻產生一絲破綻。

而〈雷切〉——絕不會錯過這絲破綻。

刀華立刻將固有靈裝（Device）〈鳴神〉的刀刃收入腰間漆黑的刀鞘中。

並且跨開馬步，將雷之力灌入刀鞘。

「！」

顫慄瞬間滑過史黛菈的背脊。

她知道這個架勢，將會使出什麼樣的攻擊。

伐刀絕技（Noble Arts）——〈雷切〉。

一旦拔刀，必定將敵人予以斬殺，刀華的殺手鐧。

〈雷切〉即使經過一次落敗，她在交叉距離內仍然擁有壓倒性的力量。

就算是〈紅蓮皇女〉，她仍然缺少對抗〈雷切〉的招數。

若是論威力與射程，〈燃天焚地龍王炎（Calusaritio・Salamander）〉絕對遠遠超越她，但是卻敗在最要緊的速度上。

因此，一旦刀華擺出〈雷切〉的架勢，史黛菈也只有退卻一途。不過——

（我就在等這一招呢！）

史黛菈順從自身感受到的顫慄，往地上一蹬，退出交叉距離。

沒錯。史黛菈方才身處於交叉距離進行刀劍戰，一切都是為了誘使刀華使出這招〈雷切〉。

〈雷切〉是利用電磁力將刀身噴射而出的超電磁拔刀術。

一旦拔出，只能揮刀到底，是一招相當單純的招數。

史黛菈是刻意置身於射程之內，並在敵人用家傳寶刀擺出架勢的當下立刻逃脫，誘使〈雷切〉揮空。

（……不過……）

不過——傳家寶刀並未出鞘。

刀華保持在拔刀架勢靜止不動，目不轉睛地盯著逃離攻擊範圍的史黛菈。

刀華銳利的眼神絕不會錯失史黛菈任何動靜。史黛菈見狀，內心佩服地嘆息著。

（她果然不會這麼輕易上當啊。）

想辦法促使刀華的殺手鐧——〈雷切〉揮空。

這是最普通的「對雷切策略」，任何人都想得到這種程度的手段。

理所當然，刀華應該也碰過敵人採取這種手段，而且不是一兩次。

她當然不會那麼輕易就上鉤。

——既然如此。

（我就使用只有我辦得到的策略！）

史黛菈再度使勁蹬地，大大地向後跳步退去。

現在她與刀華之間相隔十公尺以上。

這樣的間距，不管是劍或槍都無法攻擊到目標。

遠距離——這是弓箭或槍彈，又或者是魔法的射程。

沒錯，史黛菈擅長的不只有近身戰。

遠距離，同樣是史黛菈的領域。

在現今已確認的眾多騎士當中，史黛菈的魔力持有量可是最高的。

而在遠距離的魔法會戰中，魔力持有量較多的一方便擁有壓倒性的勝算。

刀華也擁有遠距攻擊的招數，不過她要是與史黛菈進行魔法會戰，最後的下場就是被史黛菈的魔力量徹底壓垮。

「喝！」

因此刀華立刻加快腳步，縮短兩人的間距。

但她的判斷卻慢了一步。

「哈啊啊啊啊！」

史黛菈已經遠遠拉開距離，將更多魔力灌注於早已纏繞己身靈裝〈妃龍罪劍〉(Lævateinn)的〈妃龍吐息〉(Dragon Breath)。

焰火吞噬魔力，亮度與溫度更進一步增強。

史黛菈舉起旋繞火焰的劍尖，指向筆直奔來的刀華——

「吞噬一切吧！〈妃龍大顎〉(Dragon Fang)！」

應聲擊發。

〈妃龍罪劍〉——其劍尖迸發出熊熊烈火，接著火焰形成某種生物的姿態。

那是——龍。

© Won

一條身軀猶如大蛇般細長的炎龍。

炎龍正張開龍顎，雜亂交錯的利牙襲向刀華。

刀華在千鈞一髮之際往一旁側跳，躲過炎龍的利顎，不過——

在這瞬間，炎龍忽然身軀一扭，再次張牙舞爪朝著刀華而去。

〈妃龍大顎〉不只是單純的火焰大砲。

而是有如追蹤導彈一般，以那足以融解萬物的利牙追逐敵人，直到將敵人徹底吞噬為止，絕不罷休。

絕對不可能甩開這條炎龍。

刀華面對這樣的攻擊，只能採取一種行動。

尋常的伐刀絕技是不可能抵銷〈妃龍大顎〉。

史黛菈的魔力是壓倒性的。她所擊發出來的魔法，每一擊都足以一擊必殺。

若是以半吊子的招數迎擊，只會反遭擊破而已。

因此刀華——

「————〈雷切〉。」

以自己擁有的招數中，最強最快的一招迎擊迎面而來的炎龍。

正面迎擊——**除此之外別無他法**。

而刀華的行動正中史黛菈的下懷。

（上鉤了！）

電漿斬擊斬下龍首。

而在這瞬間——史黛菈全力一踏，以爆炸般的速度逼近刀華。

刀華中了史黛菈的陷阱，使用了〈雷切〉。

而她現在的架勢正處於全力揮出〈雷切〉之後——也就是毫無防備的狀態。

勝負只能賭在這一瞬間。

史黛菈不給刀華任何喘息的餘地，以爆發力轉瞬間縮減兩人的間距，揮出必殺一擊。

垂直揮下一斬！

刀華已經用掉了必殺技，她無法做出任何反應——

「咦……？」

她理應無法反應。

史黛菈的這一斬應該毫無阻礙地擊中對方。

但在這剎那之間，刀華做出史黛菈意料之外的舉動。

刀華確實使用了〈雷切〉。

——但是她的架勢並未靜止於揮刀之後。

（她竟然以〈雷切〉的後勁順勢旋轉身軀，進行二連擊……!?）

超電磁拔刀術引發破壞性的推進力。

刀華利用這種推進力，高速旋轉後擊出第二擊。

沒錯，刀華早就看穿史黛菈的策略。

所以刀華——刻意使用了〈雷切〉。

為了誘使史黛菈毫無防備地衝進自己的攻擊範圍內。

而一切就如她預料般的完美。

史黛菈本想給刀華最後一擊，反而讓〈雷切〉深深砍進她的腹部——

「啊、咕唔……」

〈幻想型態〉——刀刃並未傷及肉體，直接削去史黛菈的體力，無力感（Damage）襲向史黛菈，使她雙腿虛軟跪地。

而這場戰鬥在這個瞬間便分出勝負。

「……我不知道妳還有這種虛招，應付我的假動作。」

「我也是第一次在實戰中使用這一招呢——基本上，瞄準敵人的弱點攻擊確實是正確的。不過全國等級的上層強者們必須能**利用自己的弱點**，設陷阱給敵人跳，這點策略是再普通不過了。不只是我，〈七星劍王〉諸星同學也是。妳若想贏過這個層級的對手們，至少要能預測到這個地步才行，這是很重要的。」

刀華注視著抬頭回望自己的紅髮學妹，告知了她的敗因——

「史黛菈同學，妳還要多多努力呢。」

並且浮現了游刃有餘的笑容。

而史黛菈見狀，則是懊惱得不得了。

「嗚唔——…………」

她只能不甘心地低聲呻吟著。

◆◇◆◇◆

「哎呀呀，〈紅蓮皇女〉輸了啊？」

「啊——騙人。」

兩名少女站在遠處觀賞這場對決，並且開口嘆息。

她們手臂上都別著黃色臂章，上頭有著「新聞社」的字樣。

她們正是「文曲」的新聞社成員，是前來集訓採訪的。

七星劍武祭前的強化集訓，同時也是難得的採訪機會。畢竟平時是很難接觸他校選手進行採訪，這次集訓對各校的新聞社來說，都是相當重要的盛會。

因此這兩名「文曲」的學生也是為了報導傳說中的騎士公主——史黛菈・法米利昂，特地長途跋涉從九州跑來，不過——

「總覺得有點失望。」

「公主輕鬆戰勝那位〈雷切〉！這樣的標題才嗨得起來啊。」

「其實公主殿下很弱……這種東西可當不成報導啦。」

她們原本是看中史黛菈的話題性，才打算以她為題材。一旦打輸了，在文章呈現上總是欠缺了點精采度。

預料之外的發展，讓「文曲」新聞社的成員失望不已。

而她們的嘀咕——也傳進站在不遠處的日下部加加美耳中。同樣別著黃色新聞社臂章的她聞言，不禁傻了眼。

「真是的，『文曲』的人是瞎了眼嗎？」

「說得沒錯。身為記者，居然只執著於自己希冀的結果，遮蔽了眼前所見的真實。她們也不過爾爾呢。」

有栖院凪出聲贊同加加美。他站在加加美身旁，欣賞〈雷切〉與〈紅蓮皇女〉的模擬戰。

兩人曾數次見識到史黛菈的英勇戰姿，他們很清楚。

這場戰鬥會有如此結果，絕對不是如「文曲」學生口中所說的那樣。史黛菈不是因為太弱才會輸。

然而——就算是不同校，也是有人的雙眼是雪亮的。

那是一對男女，他們就在離加加美兩人稍遠的地方觀戰。

「哎呀——這場戰鬥真是精采啊，就算叫我付錢看都值得。」

「日下部，今年的破軍可真是精銳盡出呢。」

兩人一邊搭話一邊靠了過來，加加美則是微笑以對。

「八心同學，還有小宮山同學，兩位也來觀戰了呢。」

「這是當然的啊。雖說只是模擬戰，不過要是錯過〈雷切〉與〈紅蓮皇女〉的比試，哪還稱得上是記者呢？」

「說得沒錯。」

加加美在招呼兩人的同時，身後的有栖院輕輕戳了戳她的肩膀。

「什麼事？」加加美轉過頭，有栖院則是開口問道：

「加加美，這兩位是？」

加加美聞言，這才驚覺有栖院是第一次見到兩人。

「啊、說起來還沒介紹他們呢。這位女生是『武曲學園』新聞社的八心同學，這位男生是『貪狼學園』新聞社的小宮山同學。」

「請多多指教，有栖院同學。」

「請多指教喔。」

「原來如此，兩位都是同行呢。」

「就是這麼回事，我也戴著一樣的臂章對吧。」

「的確。」有栖院點點頭。

當一行人打完招呼後，八心馬上逼近有栖院。

「哎呀——雖然我已經聽過傳聞，但是實際見到面後還是很驚人呢。真是個大帥哥，你光靠這張臉也能混飯吃吧？」

「八心，妳太沒禮貌了。」

八心仔細地盯著有栖院的臉，不經意地說錯話，身旁的小宮山立刻肘擊她，開口制止。

不過有栖院並沒有特別在意，他揚起微笑。

「啊哈哈哈，沒關係。女人就跟花兒一樣，需要他人欣賞才有價值。」

「女、女人……？」

有栖院的發言令小宮山一陣動搖。

看來小宮山聽不太懂這句話的意思。

「啊，艾莉絲就是這種人啦。你就別太在意了，小宮山同學。」

「我、我盡量……」

「什麼啊，小宮山同學居然不知道凪同學是這種人嗎？事前調查太隨便囉。」

「呃、我可不會連對方的性癖都調查得一清二楚啊……」

加加美聞言，也覺得這才是小宮山的作風。

記者也是有自己偏好的寫法。

八心和加加美喜歡連同選手的性格一起寫進報導中，為報導增添一點娛樂性。

相對的，小宮山文風較為樸實穩健。硬要說的話就像是國營電視台一樣，就事論事，不會對報導的人物多做綴飾。

對他這樣的記者來說，性癖根本不會列入取材項目裡頭。

「不過凪同學也是代表選手吧？你還在這邊悠閒的觀戰好嗎？」

「人家只是籤運好，碰巧贏到最後而已。雖然這麼說，對輸掉的人有些不好意思，不過人家本來就對七星劍武祭沒什麼興趣。人家會參加集訓，只是順道陪著室友一起來罷了，所以人家悠閒一點也沒關係。」

「碰巧啊……二十戰連續都碰巧打贏，太難以想像了。」

「可是人家就是贏到最後了嘛，沒辦法。」

「每個人面對比賽的心態不一樣，偶爾也會有這種選手，也沒什麼不好。」

「哎呀，心胸寬大的男人是人家的菜喔？」

「饒、饒了我吧……」

小宮山接收到有栖院那略帶媚色的視線，不禁退避三舍，臉色發青。

加加美津津有味地欣賞這幅場景，此時忽然想起了什麼，開口問向兩人：

「話說回來，八心同學、小宮山同學，你們兩個人對剛才的比試有什麼想法？」

「妳是指〈雷切〉與〈紅蓮皇女〉的對練嗎？」

「沒錯。」

「這場比試啊……如果用一句話來形容的話──等級非常高呢。」

「妳是指誰呢？」

「沒有特別指誰，**兩個人都是**。」

加加美聞言，脣邊洩漏一絲笑意。

這兩個人果然眼光夠高。

沒錯，關於方才這場模擬戰，八心與小宮山已經確實看穿史黛菈的敗因。

「〈紅蓮皇女〉的強悍是名副其實，毫無虛假。每一擊的攻擊力、爆發力，樣樣都是無可挑剔，這種一年級生，大概是十年才有一人吧。所以她絕對不是輸在實力太弱——而是〈雷切〉強得非比尋常。」

「我也這麼認為。我跟小宮山都是三年級，所以去年也有採訪過〈雷切〉，技術的俐落度、威力，跟去年完全不能相提並論。」

「她或許是為了在今年能贏過〈七星劍王〉，花了一年時間拚了命鍛鍊自己。所以我到現在還無法置信。〈雷切〉明明強到這種地步，竟然不是『代表』，而是以『志願教練』的身分參加集訓。她甚至能擊敗A級騎士，但是居然有F級騎士能從她手中奪走代表寶座。」

小宮山說完，視線轉移到訓練場的另一端。

而擊敗〈雷切〉、奪走她的代表寶座的男人——就在那裡。

〈落第騎士〉黑鐵一輝。

這個男人的實力只有F級，他的能力在騎士之中稱得上是最為低劣，卻能橫掃諸多強敵，一舉爬到七星劍武祭代表選手的位子。

「話說回來，他待在那個角落做什麼啊？」

「看他手上舉著〈陰鐵〉，應該是在進行模擬戰吧？」

「站在他身旁的是葉暮姊妹，和人家一樣也是代表選手呢。」

「妳說模擬戰？是一對二嗎？」

「如果是學長的話，一對二也算不了什麼。」

而正如加加美所推測。

他們四個人所注視的前方不遠處。

待在角落的是一輝和三年級的葉暮桔梗與葉暮牡丹。一輝正是應這對雙胞胎姊妹的要求，進行一對二的模擬戰。

「得手啦啊啊啊啊！」

葉暮桔梗手持長槍靈裝，搭配伐刀絕技〈瞬間加速〉，便能使出高速突擊，速度之快直逼次音速（註1）。不過一輝面對急速逼近的槍術士，卻絲毫不見動搖。

「嘿。」

——只見一輝往槍尖使勁一踩，槍尖轉而刺向地面。

「嗚哇啊啊啊!?」

長槍猛地刺進地面，桔梗便彷彿撐竿跳似的，被自己的攻勢拋上天。

而她就這樣飛過一輝頭頂——

「咦？」

桔梗的妹妹——牡丹握著兩把手槍，正打算朝著一輝身後扣下扳機，卻被自己

註1　次音速：泛指小於一馬赫，每秒速度為三百四十點三公尺以下的速度。

的姊姊狠狠撞倒。

「噗呃！」

「嘎啊！」

最後兩人一起應聲倒在沙地上，硬是翻了幾圈。

一輝追上兩人，開口關心道：

「沒事吧？」

「好痛……嗯，我沒事。牡丹呢？」

「嗚唔、我倒是有點擦傷。」

「珠雫。」

「是，哥哥，交給我吧。」

在一旁待機的珠雫聽見一輝呼喚，立刻使用治癒術，治好牡丹膝蓋上的擦傷。

一輝便趁著這段時間對葉暮姊妹說道：

「桔梗學姊最大的武器是速度，但若是面對攻擊距離比自己還短的對手，妳連同身體一起衝出去突擊，等同於主動放棄自己的距離優勢，這對槍術士來說並沒有太大的益處。妳應該在戰法中加入『原地迎擊』的想法比較好。至於牡丹學姊，妳的彈道和戰友的位置重疊了，這樣一來──」

一輝開始說明方才戰鬥中的種種問題點。

有栖院遠遠注視著三人的模樣，直接將腦中的想法化為話語：

「一輝與其說是在進行模擬戰，不如說他是在指導她們呢。」

這場戰鬥若是稱為模擬戰，雙方實力未免也太一面倒。

不過實際上，有栖院的想法是對的。葉暮姊妹就是希望一輝能指導她們，才要求這場模擬戰。

「指導啊……話又說回來，他的實力簡直是壓倒性的強，〈落第騎士〉甚至連劍都沒揮過一次。」

「加加美，那對葉暮姊妹很弱嗎？」

加加美則是搖頭否定了八心的疑問。

「怎麼可能。葉暮姊妹的確不是像學長或史黛菈那樣，打敗眾多破軍的強者，甚至也有人說她們是運氣好才選上代表的，但這並非事實。她們兩人都曾經擊敗學園排行前幾名的騎士，堅守二十場勝利後順利中選。當然，她們跟〈雷切〉或〈速度中毒〉（Runner's high）比起來的確是弱上不少，可是她們確實有一定的實力。」

「可是照這樣看來，她們完全被當成小孩子在教導。他比我想像中還要不容忽視啊。」

「不過難得的集訓他居然還陪別人練習，可真是悠哉。」

「學長很喜歡照顧人嘛。他應該只是轉換一下心情而已。」

「畢竟一輝只花了三天，就擊敗『巨門』找來的所有教練呢。」

事實正如同有栖院的低語。

集訓至今才剛邁入第四天，一輝早已在模擬戰中，將所有「巨門」預備的職業魔法騎士教練全都擊倒。

而現在這個集訓場中最強的教練，則是非〈雷切〉莫屬。但就連〈雷切〉都在實戰中敗給一輝，因此就算一輝想進行模擬戰，也沒有對手可戰。

「不過這樣一來，提供集訓場地的『巨門』可是顏面無光，他們只好為了〈落第騎士〉緊急召來特別教練了呢。」

「到底是誰會來呢？新宮寺理事長跟西京老師有空的話，她們應該會立刻趕過來，不過新宮寺理事長還有七星劍武祭的準備事宜，西京老師則是有ＫＯＫ的官方比賽。兩人都已經前往大阪，應該是不可能趕來。不過話又說回來，那些輸掉的教練都是日本全國聯盟（National）等級的人物，找普通的魔法騎士來也沒什麼意義。」

「要叫到全國等級的騎士來當學生的對手，這件事本身就很異常了吧？」

「真的，今年的『破軍』真厲害啊～『武曲』（我們學校）的最強寶座岌岌可危囉。」

八心深深讚嘆「破軍」代表的陣勢。

不過加加美卻半是諷刺地苦笑道：

「少來，別說笑了，妳明明就不覺得你們家會輸。『武曲』這邊明明也有預料之外的新選手。」

「武曲」在最近數年持續獨占頒獎台，是名門中的名門。

以現任〈七星劍王〉諸星雄大為首，「武曲」代表選手群的強悍不只震撼日本，他們甚至揚名海外。

但是——就在徵選期間接近尾聲的同時，忽然冒出一名男子，他擊退了代表選手的其中一名成員，宣稱自己才是武曲的代表選手。

他的名字是黑鐵王馬，人稱〈烈風劍帝〉，是日本學生中唯一的A級騎士。

「這名A級騎士不知為何，在一、二年級的時候根本不曾參加過七星劍武祭，到了三年級卻突然第一次主動參與公開比賽。我第一次看到『武曲』的代表成員時，真的是嚇了一大跳呢。」

「我也是，我還以為那個男人今年也不會出場。那個男人會參加比賽，同時也證明『武曲』在今年的大會上真的是費盡心思了吧？」

來自異國的A級騎士〈紅蓮皇女〉。

一刀擊敗〈雷切〉的〈落第騎士〉。

另外在今年的大賽上，每個學園都出現**比例異於往年的「無名的一年級生」參賽**。

今年的大賽在開場之前，便呈現一幅波濤洶湧的局面。

若只論騎士的等級，王馬比〈七星劍王〉諸星更高上一層，因此武曲沒道理讓王馬繼續四處遊蕩。

小宮山和加加美都認為王馬的參賽必定因為這個緣由。

不過同校的八心卻搖頭否定。

「不、不，〈烈風劍帝〉才不管學校怎麼說咧。他平常不要說是來學校，根本連個消息都沒有。這次是〈烈風劍帝〉自己希望參賽的，所以我們學校也同樣嚇了一跳。」

「所以他不是因為學校的指示才參賽嗎？」

「嗯。」

「是這樣啊。不過既然他會想參加比賽，對學園來說也是求之不得的事吧。」

「沒錯。所以最後變成他跟選拔戰第六名的柴田同學對決，贏的人就能成為代表。」

「而王馬獲勝了，是嗎？」

「說真的柴田根本不是他的對手，他們的實力是名副其實的天差地遠啊。」

八心回答道，同時她的表情染上一層哀愁。

可想而知柴田敗得有多麼悽慘。不過——

「雖然這麼說有點對不起柴田同學，不過〈烈風劍帝〉的心血來潮，對我們記者來說可是一大喜訊。」

「沒錯，參賽陣容越豪華，報導就越引人注目。」

「網路上也有很多人在期待〈紅蓮皇女〉與〈烈風劍帝〉的對決呢。」

「這也難免，畢竟這是自〈世界時鐘(World Clock)〉對〈夜叉姬〉之後，難得的A級學生騎士對決，大家都想見識一下嘛。」

兩人的這場對決相當知名，至今仍是眾人茶餘飯後的話題之一。

而巧合的是，這場對決也是「破軍」VS「武曲」的東西對決，更為對決本身增添不少光彩。

「……不過他的參賽對同樣出身東京的『貪狼』來說，可是一點都開心不起來啊。」

「可是〈劍士殺手〉(Sword Eater)自從我揭露他與〈落第騎士〉的那一戰之後，不是變得很有幹勁嗎？」

「說真的，幸好有發生那件事，今年我們學校對他滿懷期待啊。〈劍士殺手〉的行為舉止雖然大有問題，但他在格鬥上的直覺可是一等一的。不過……包括這件事在內，本次大賽最引人注目的果然還是——〈落第騎士〉。」

小宮山的確希望同校的〈劍士殺手〉能夠大展身手，但同時身為記者的直覺也告訴他，本次大賽的黑馬並不是〈劍士殺手〉，而是一輝。

「自從這名無名的F級與那位〈紅蓮皇女〉的對決之後，他的傳聞便時有耳聞。而他在擊敗〈雷切〉之後，他也開始在公開舞台上嶄露頭角。大家都在內心隱約期待著……這名F級騎士面對全國的猛將們，究竟能奮戰到什麼程度？另外，根據未公開情報指出，有某個核心電視台（註2）打算在七星劍武祭之前，對〈落第騎士〉

註2 核心電視台：為日本電視業界用語，指民營電視聯播網中位於首都東京都的電視台。

進行特輯報導喔。」

「他不但擊敗〈紅蓮皇女〉、一刀斬落〈雷切〉，而且還是〈烈風劍帝〉的弟弟……會有這種待遇也是理所當然啦。」

八心表示認同。

而一旁的加加美則是悄悄露出笑容。

自己一直關注至今的選手能像這樣被大眾所認同，她也感到相當開心。這不只證明了自己的眼光，更因為加加美熟知黑鐵一輝這名騎士的背景，知道他是跨越種種苦難，才終於走到這一步，因此現在的局面令她更加欣喜。

（不過太偏心特定選手的話也不太好呢。）

畢竟對象是一輝，實在沒辦法。加加美在心中辯解著。

（身為女人，看到那麼老實正直的男孩子，總是會忍不住想替他加油嘛。）

所以這也是沒辦法的事，沒錯。

「嗯？」

加加美正打算將視線移回一輝身上，此時卻突然瞧見某個人物。

那是有著一頭灰金色髮絲的女性，她和這邊三個人一樣，遠遠關注著一輝。

「那該不會是『巨門』的〈冰霜冷笑〉吧？」

「真的耶。她是來刺探〈落第騎士〉的敵情嗎？」

「走吧！」

「這就非得請她說幾句話——嗚哇！小宮山同學已經衝過去了！」

「小宮山你給我等一下！我可不准你獨占喔！啊、我等一下也會來採訪凪同學的，待會見！」

八心趁機要求採訪有栖院之後，便追在小宮山身後奔去。

不過加加美可沒辦法這麼做。

她身旁還有與她同行的有栖院。

二話不說地丟下他一個人跑去採訪也不太妥當。

所以加加美還是先告知有栖院一聲。

「艾莉絲！我也要先過去一下，你可以在這邊等我嗎!?」

「…………」

不過有栖院並沒有立刻回答她。

他低著頭，臉上的表情彷彿在煩惱什麼事。

「……艾莉絲？」

「咦？啊、不好意思，加加美。人家剛剛發了一下呆，有什麼事嗎？」

加加美開口喚了第二次，有栖院這才回過神來。於是加加美再次告知，自己想去採訪〈冰霜冷笑〉。

而這次有栖院馬上就回應她，要她放心地去採訪。

「沒關係的，加加美。人家會在這裡等妳，慢走。」

「……嗯，那我走了！」

加加美說完，便跟隨兩人的背影跑去。

而途中，加加美忽然思考起有棲院的事。

他到底在發什麼呆？

加加美雖然認識他才短短數個月，但從未發生過這種事。

有棲院不曾漏聽他人的話語，一次都沒有。

（艾莉絲該不會是七星劍武祭將近，變得有點神經質了？）

又或者是，在有棲院沉默下來之前的那個話題——

黑鐵王馬有什麼地方特別令他在意嗎？

加加美稍微想了想——

（算了，不管是誰都會突然發呆嘛。）

此時加加美也抵達〈冰霜冷笑〉的跟前，她便馬上將疑問趕出意識外。

而加加美趕到的時候，正好是小宮山開始進行採訪後不久。

「〈冰霜冷笑〉鶴屋美琴，妳好。我是『貪狼』新聞社的小宮山。不知道妳看了剛才的模擬戰之後，對〈落第騎士〉——不，是〈無冕劍王(Another one)〉黑鐵一輝同學有什麼想法呢？他對於你們——全國前八強的強者們來說，稱得上是威脅嗎？」

這採訪來得非常突如其然。

不過像鶴屋這樣的強者，似乎相當習慣記者這樣追問。

她臉上不見任何驚訝與不悅。

「呵，記者就是這麼急躁了，這樣不行喔。」

那張端麗的容貌浮現若有深意的笑容。

「說到我對他有什麼樣的想法，這種事用嘴巴說也沒什麼意義呢。對我們騎士而言，只有戰鬥之後的結果才是真實。戰鬥的舞台早已準備好了——他對我們來說是不是威脅，很快就會揭曉了。而且會以比言語更加顯而易見——且更加殘酷的形式得出解答。」

鶴屋語畢，紅脣緩緩勾起。

而那抹微笑中蘊含著強烈的寒氣，凍得進行採訪的三名記者寒毛直豎頻打顫。

「呵呵，那麼我先告辭了——」

鶴屋見到三人因為自己的笑容渾身僵硬，丟下一句告別後，便走向訓練場的出口。

鶴屋並未給三名記者任何明確的答案，不過那道背影卻是昂首闊步，由此可看出她對自己的強大沒有一絲疑惑。

「全國前八強的氣勢非比尋常啊。」

「這威嚴可真嚇人啊，連我都抖了一下。」

八心與小宮山不禁感嘆道。

加加美雖然也有同感，不過相較之下，她對一輝的信心還是比較強大。畢竟一輝不只擊敗與鶴屋同為前八強的〈劍士殺手〉，甚至連更上層的前四強——〈雷切〉也是他的手下敗將。

（她再威風也沒多久了。）

不過——

實際上，鶴屋就算是全國前八強，她也沒有加加美想得那麼**天真**。

鶴屋一走出訓練場，同為代表的同學立刻在出口處向她搭話。

「啊，美琴，今年的『破軍』怎麼樣？美琴能輕鬆獲勝嗎？」

〈冰霜冷笑〉——鶴屋對此，則是緩緩揚起那抹成為她稱號的招牌笑容——

「絕對不可能。」

她清楚地否定了。

沒錯，〈冰霜冷笑〉鶴屋美琴比加加美所想得還要強大。

因此她能正確估算自己與他人的實力。

所以〈冰霜冷笑〉本人比當時在場的其他三人更加明確地領悟了。

自己不可能勝過〈落第騎士〉。

「他可是一臉若無其事的擊潰三名職業騎士，實在太誇張了……」

鶴屋倚靠牆邊，彷彿哀號般地嘆息。

就在此時，一陣陣喧鬧吵雜的驚呼，從方才鶴屋走出來的訓練場中傳進她耳中。

『喂，那不是南鄉寅次郎嗎!?』

『為了〈落第騎士〉特別請來的教練，居然是〈鬥神〉！太豪華了吧！』

「不會吧……」

鶴屋靠著牆壁，緩緩滑落在地。

她心中只祈求著一件事。

「唉，至少讓我第一戰別抽中那群怪物就好……！」

——於是，這名曾被他人譏笑為〈落第騎士〉的異樣選手，他的強大如今已是聲名遠播。

〈七星劍王〉諸星雄大。

A級騎士〈紅蓮皇女〉史黛菈·法米利昂。

以及同為A級騎士的〈烈風劍帝〉黑鐵王馬。

他的名字甚至能與這些七星劍武祭的優勝候選人們相提並論。

這些猛將們個個都並非徒有虛名，而他究竟有沒有辦法立足其中？

無冕的F級騎士又能在此掀起多大的浪濤？

眾多的選手、觀眾們，每個人都衷心期待這名與眾不同的強者大顯身手。

「巨門」的強化集訓並沒有固定的課程。

他們會請來教練開設特別課程，但是選手們可以自由參加。

畢竟伐刀者的能力五花八門，種類眾多，每種能力各自細分成不同系統，有效的修練方式也隨之區分開來。若是以一個廣泛框架來統一每個學生的修行課程，反而沒什麼效率。

因此學生們會各自分開，或是與好友們一起自由決定修行課程。

◆◇◆◇◆

史黛菈則是邀一輝在晚餐前一起慢跑。

從集訓場慢跑到稍遠的市區大約十公里，來回總計二十公里。

這距離對兩人來說，根本稱不上是訓練。

頂多算是用來散散心罷了。

史黛菈不想繼續沉浸在敗給〈雷切〉的悔恨當中，只好跑步轉移注意力。

不過──

「嗚唔唔！啊～！果然還是好不甘心～──!!」

用來當作折返點的是市區旁的一座公園。史黛菈和一輝兩人坐在公園的長椅上休息，同時她仍然像個孩子似的不斷跺腳。

「跑跑步還是沒有舒服一點嗎？」

「沒有！完全沒有！」

即使史黛菈是用比平常還高一倍的速度去跑，甚至在公園的洗手台用力洗臉，這份沉悶的心情依舊沒有消失。

——老實說，史黛菈早就隱約感覺到了。

史黛菈自從奧多摩的事件，以及親眼見到刀華與一輝的戰鬥，她的心中早有預感：刀華或許比自己還強。

不過，預感一旦化作肉眼可見的現實，展現在史黛菈眼前，她還是為此不甘心到極點。

「我和她戰鬥之後才真正確定，那個人真的是強得不得了呢。」

「東堂學姊的交叉距離幾乎等同於結界，要正面攻破這個結界真的很困難。」

「可是一輝不就成功攻破了嗎？」

「……畢竟我就只剩下交叉距離了，在這個範圍之內我絕對不能輸。」

史黛菈看著眼前靦腆一笑的戀人，實在有點嫉妒他。

自己面對〈雷切〉根本束手無策。但是眼前這個笑得溫和的男人，卻是光明正大地擊敗了〈雷切〉。

刀華與一輝之間的一刀決勝負。

那剎那間的攻防戰，至今依舊烙印在史黛菈的眼眶中。

她是多麼的引以為傲，同時也非常不甘心。

她領悟到自己有多麼不成熟。自己要想抵達他的境界，根本還早得很。

「不過就算那個人這麼強，她去年竟然只獲得第四名而已，日本的程度真的很高呢。」

「比賽中總有各種無法預料的狀況。我認為東堂學姊只有第四名這件事，並不等於剩下三個人都比東堂學姊強。我記得東堂學姊在準決賽的時候，是因為『親人』病倒才棄權的。」

「那也不代表我輸得理所當然啦。至少現在贏過刀華學姊的人，就有一輝和現任〈七星劍王〉兩個人了。我的目標可是要擊敗包括一輝在內的所有選手，一舉成為〈七星劍王〉，我可不能輸給你們啊。而且——我有點在意一個人。」

「在意的人？」

「就是和〈七星劍王〉同校，『武曲學園』的王馬·黑鐵。」

「…………！」

史黛菈一說出這個名字，一輝的表情明顯僵住了。

而一輝的反應也肯定了史黛菈的想法。

「果然，他和一輝、珠雫一樣，是出身於『黑鐵家』啊。」

「……嗯，他是我的大哥，大我一歲。」

「我都不知道，一輝居然有哥哥。不對，我甚至是第一次知道日本的學生中，竟然有人和我一樣是A級騎士。」

「畢竟他從入學騎士學校之後兩年……不，應該連中學期間也算進去，這五年之內他幾乎是行蹤不明的狀態。」

「咦，意思是他失蹤了嗎？」

「不，不是這個意思。他偶爾會跟學校聯絡，不過次數很稀少；他也會不時出現在公共場合，但是通常過一、兩天就會跑得不見蹤影，而且這五年內他也從未參加公開賽。以前他曾經在小學(Little)聯盟大賽中獲得冠軍，當時也受到不少注目。不過即使他再怎麼有才能，五年沒有任何消息的話，大眾也會對他失去興趣。要說到關注程度，現在應該是珠雫比較有名。史黛菈會不知道是很正常的事。」

「原來如此，他疏遠公開賽將近五年了啊，難怪。」

但既然如此──

「這樣的人怎麼會突然冒出來參賽？一輝有想到原因嗎？」

史黛菈問了問一輝，但一輝則是搖了搖頭。

「沒有，我完全搞不懂。」

「他是你的哥哥耶，怎麼會？」

一輝聞言，則是有些困擾地苦笑。

「我在家族中本來就受人孤立，王馬大哥某方面來說也是孤立於家族之外，我跟他根本沒有任何共通點。他對我來說，甚至比爸爸還要疏遠，所以我真的搞不懂他。不過真要說我對他的印象，就我所知，他對自己異常嚴厲。」

「嚴厲？」

「對他來說，『活著的意義等於變強』。」

「……那是一輝吧。」

史黛菈反射性說出腦中的想法，不過一輝卻還是搖了搖頭。

「我跟大哥根本不能比。王馬大哥真的是除了『變強』以外，對任何事毫無興趣。他對比自己弱的弟弟沒興趣，對比自己弱的妹妹也沒有興趣，對比自己弱的父親更是沒有興趣……而且他曾經在某一次媒體採訪中表明，自己不參加七星劍武祭等等的公開賽，是因為『已經沒有對手值得自己與之比試』。」

「他還真是有自信啊。」

「他這份自信，是建立於與之匹配的強大。像王馬大哥這樣對『變強』以外的事物沒興趣的人，竟然會出戰七星劍武祭，肯定是因為存在著『能夠變強的要素』。所以──雖然這只是我的設想，不過王馬大哥的目標應該是史黛菈。與自己同為學生的A級騎士，就算是繞遍全世界，也難以遭遇這樣的對手。如果我是王馬大哥的話，一定會想與他比試一次。」

史黛菈聽完，答了句：「原來如此。」她也認同一輝的想法。

要是說她自己對這名同是學生的A級騎士不感興趣，那是騙人的。

如果可以的話，她當然也想與他一戰。

對方很可能也是這麼想的。

「順帶一提，就一輝看來，那個叫王馬的人有多強？」

「就是字面上的意思。」

「字面上的意思？」

「『已經沒有對手值得自己與之比試』──他的實力，就如同他說出口的這句豪語。」

「…………！」

一輝的語氣隱約含有某種緊張感，令史黛菈背脊一寒。

也就是說，一輝的意思就如同他剛才所說。

〈雷切〉，甚至是去年的〈七星劍王〉，對黑鐵王馬來說皆不足掛齒。

一輝語氣中滲出的些微緊張，也代表一輝自己對兄長的參賽感受到壓力。

能讓這名少年發出此言，事態肯定非比尋常。

既然這種程度的敵人即將參賽──

史黛菈自己更不能敗在〈雷切〉等級的騎士手上。

「決定了！到這次集訓結束之前，我絕對要變得比刀華學姊還要強！」

集訓還有五天。

一天一次模擬戰的話，加上今天總計六戰。她要在這六戰中勝過刀華。

史黛菈聲音響亮地說出自己的目標。

而按照史黛菈的個性，一旦定下目標就要馬上去做，不然會全身不對勁。

她可不能繼續在公園休息了。

史黛菈從長椅上跳起來，催促著一輝：

「一輝！快點回集訓場吧！吃過晚餐後馬上要繼續訓練——」

但就在此時——

咕嚕嚕嚕～

史黛菈的肚子響起了相當可愛的聲響。

而不知道是不是現在的小孩已經不會在外頭玩耍了，公園杳無人煙，這聲響顯得更是響亮——

「哈哈哈，這聲音還真可愛。」

一輝不小心笑了出來。

「～～～～～～」

史黛菈害羞得不得了，臉蛋紅得像是蘋果一樣。

「沒、沒辦法嘛！我今天一整天都在運動啊！而且現在快到晚餐時間了！」

「嗯，說得也是。肚子會餓也代表史黛菈很努力，妳不需要害羞啊。」

「唔，對啦。你懂了就好。」

「不過空著肚子努力過頭也不太好，我們先去稍微填填肚子吧。」

史黛菈紅著臉低頭看著地板。一輝說完便站起身，握住史黛菈的手。

「啊……」

史黛菈見一輝突然握緊自己的手，不禁嚇了一跳。

不過一輝卻不太在意——

「商店街應該有吃的，跟我來吧。」

他一臉笑容牽著史黛菈的手，邁開步伐。

◆◇◆◇◆

傍晚的商店街中，擠滿了放暑假的學生，以及前來購買晚餐材料的家庭主婦。

一輝與史黛菈手牽著手走在人群中。

於是他們也聽見周遭的竊竊私語。

「那兩個人不是法米利昂的公主殿下，還有前陣子話題不斷的黑鐵家之子嗎？」

「喔喔，就是他把公主殿下騙到手嗎？」

「聽說那件事是別人捏造的喔。」

自從兩人交往的事曝光之後，不只是史黛菈，連帶一輝的相貌也在大眾之間廣泛流傳。

而且不光是他的長相，就連兩人相愛的事也眾所皆知。

因此只要兩人一起走在街上，便看起來異常顯眼。

「快看快看，他們牽著手耶。看來他們在交往的事是真的嘛。」

「不過親眼見到傳聞中的公主殿下，果真是個大美人啊。」

「真好，我也想和那麼漂亮的女孩子交往～」

「～～～」

眾多好奇的視線從周圍刺向兩人，史黛菈的耳朵不禁有些泛紅。

她差不多快習慣校內人士把兩人當成情侶來看待，但一旦換成校外人士，她依舊會感到害羞。

一輝則是試探性地對史黛菈說道：

「史黛菈，如果太害羞的話，要不要放開手？」

一輝是顧慮到史黛菈太在意周遭的視線，在意到雙頰緋紅，因此這麼建議。

不過史黛菈卻是——

「我、我才沒有、害羞……」

她說謊了。

史黛菈的確很害羞，但她更喜歡像這樣被一輝緊握手掌。

「那就好，不過妳別太勉強自己喔。」

一輝似乎是察覺史黛菈的微妙心理，只見他淡淡地微笑，接著稍微收緊掌心，再次牽著史黛菈向前走去。

而史黛菈望著一輝的側臉，默默地想著。

（總覺得……一輝有點變了。）

史黛菈所認識的黑鐵一輝，絕對稱不上積極。

他和自己一樣，都是第一次喜歡上某人，第一次和某人交往。以往他們兩個人不論做什麼事都非常小心謹慎，一步一步地踏上情侶的每一個階段。

但是最近的一輝的感覺卻變了很多。

——他變得異常積極。

例如：方才在公園的時候，一輝牽住了史黛菈的手。

以往的兩人都相當喜歡牽手這樣的親密接觸。目前為止，都是其中一方會主動將手覆上另一人的手之後，才互相緊握對方的掌心。

可是最近卻不是這樣。

他們不再是自然地十指交扣，而是一輝會單方面主動且積極地握住她的手。

一輝現在也是絲毫不顧慮周遭的視線，光明正大地牽住自己的手。

（好像變得……有點強硬，還是該說是急迫——）

史黛菈深知一輝平時的慎重與誠實，她承認那是一輝的優點，不過她偶爾也因此感到焦急。而當她見到一輝現在的變化，不得不感到驚訝。

他的心中究竟起了什麼樣的改變？

於是史黛菈便直率地問了一輝：

「一輝，總覺得你最近變了耶？」

「我變了？」

「好像變得比之前……嗯、強硬？還是說比較坦蕩蕩了？」

（……而且也變得比較有男子氣概，有點帥氣…………）

一輝聽見史黛菈的疑問，一瞬間露出吃驚的表情。

接著他馬上害羞地搔了搔臉頰，開口答道：

「……果然瞞不過史黛菈啊。」

一輝的回答，代表了他其實對自己的變化有所自覺。

「抱歉，是不是感覺我太急躁了？」

「我、我不討厭這樣！只是好奇你是碰到什麼事才變成這樣？」

「我也不是碰到什麼事啦。」

一輝面對史黛菈再次提問，只是以這句話做開頭：

「自從我對史黛菈求婚之後，總覺得對史黛菈的執著變得異常的強，變得一忍不住就想大聲宣告：『她是我最重要的女孩子。』，連我自己都嚇一跳。」

一輝開始對史黛菈述說自己這般變化的因由。

對一輝而言，自己轉變最大的契機，就是〈雷切〉戰之後的那句告白。

當然在那之前，一輝也是自認比誰都還要深愛著史黛菈。

不過當他們互相以言語確認彼此深刻的心意與情感之後，一輝心中的占有慾變得更加強烈，甚至連以前的他都無法比較。「絕不將這名少女讓給他人。」這樣的想法也日漸加深。

最後，他心中萌生了一股自覺。
那就是身為雄性的自覺，自己必須要守護自己的女人。
而正是這樣的自覺，賦予一輝至今未曾擁有的積極。
「雖然我知道這麼說很沒節操……不過我甚至現在就想緊緊抱住史黛菈。」
一輝有些害羞地述說自己的想法。
史黛菈聽著一輝的告白，胸中的悸動逐漸加速。
（一輝……）
一股疼愛之情油然而生，並且隨著脈動一下一下地搔癢著史黛菈的胸口。
為什麼會如此？
答案顯而易見。
她的戀人沒有明說，話中之意是如此主張著。
妳是我的，我絕不會把妳讓給別人——
並且同時威嚇周遭的所有人。
她是我的女人，誰都不准出手——
史黛菈感覺自己忍不住微笑，趕緊低下頭。
（一輝好可愛……）
說實話，那副模樣實在令人不禁莞爾。
即使看起來不成熟，他依舊想努力獨占自己的女人。

這樣的一輝實在令人憐愛。

就一輝而言，要是知道其實史黛菈是覺得他可愛，他應該不會開心。

不過史黛菈仍然覺得這樣的一輝可愛得不得了，可愛到讓她快窒息了。

所以，她很想回報一輝。

她是個女人，同時也是他的女友。

於是史黛菈——主動將身體貼上一輝的臂膀，緊緊抱住那隻握住自己的大手。

「史、史黛菈？」

「這樣大家就更看得出來我是一輝的女人，對吧？」

史黛菈揚起微笑，並且將臉頰貼上一輝的手臂。

她根本不需要在意周遭的視線。

比起那些雞毛蒜皮的小事，她更想回應眼前這個努力想獨占自己的男孩子。

不過對一輝來說，牽著手一起走這個行為，就已經是他保持**無動於衷**的極限了。當史黛菈主動靠上去的那一刻，他的神情忽然動搖了起來。但是自己才剛說出「想獨占對方」，再怎麼害羞，也沒辦法要史黛菈放開自己。

「說、說得也是，真是好主意。沒錯……」

一輝只能盡量裝得一臉平靜。

不過他的雙頰卻是羞得一片通紅，握著史黛菈的掌心更是冒出汗水。

（呵呵……）

而一輝這副虛張聲勢的模樣，也令史黛菈愛戀不已。

（……總覺得現在真的好幸福………）

史黛菈綻開笑顏，並且配合著一輝的步伐走著。

他們這副模樣在旁人眼中，恐怕只是一對笨蛋情侶罷了。

不過這也是沒辦法的事啦！史黛菈厚臉皮地想著。

因為她就是這麼喜歡他。

（我的王子殿下，你就好好地獨占我吧。）

這句話實在害羞得說不出口，史黛菈只好在心中默默呢喃。

但就在此時——

「嗯？」

一輝忽然停下腳步。

本來史黛菈以為他找到填飽肚子的地方了。

「——」

不過她馬上就察覺不是這麼回事。

一輝望向後方的視線，異常的銳利。

◆◇◆◇◆

「怎麼了嗎？」

「……穿著連身工作服的人，剛才跟我們擦身而過的那一個。」

一名身穿工作服的男人方才走過兩人身旁。一輝注視著那名男人的背影，這麼說道：

「他的走路方式是不是有點怪？」

「是受傷了嗎？」

「不──」

一輝一開始也這麼想，不過──

（應該不是受傷。）

一輝輕輕吸了口氣，提高精神的集中度。

他凝視那道逐漸遠去的背影，大致確認他的身高、肩寬以及骨架。

並且藉由骨架預測肌肉的構成，以及應由肌肉運作的四肢動作，對照了男人現在的動作。

男人的走路方法仍然顯得異常許多。

左右步伐的寬度隱約有差異。

但他的樣子不像是受傷，或有某種肢體障礙。

他的各個關節看起來都在正常運作。

有異物。

是不存在於人體的某種物體，使他的步伐偏離常軌。

（照他衣服的皺褶方向以及步伐來看，應該是在右邊口袋。）

男人的手插在腰部的右口袋中。

按照工作服的皺褶方向來看，口袋裡裝的不只是手。

他的右手握著某種物體，一同收納在口袋中。

而且那物體有某種程度的長度與寬度。

舉例來說——可能是藍波刀一類的武器。

（……從他的服裝看來，可能是水電工之類的工人。）

水電工為了剝除堅韌的電線外皮，的確會隨身攜帶刀類。

但是那個大小的刀子拿來用在水電工程上，未免也太大了。也有可能是一輝自己不熟悉那類知識，或是純屬個人興趣而已。

不過當那個男人與一輝兩人擦身而過，一輝一瞬間與他對上眼。

男人頭上戴著帽子，帽簷拉得極低。

而帽簷中的那對雙瞳布滿血絲，他瞳中的光芒，彷彿野獸直盯著獵物。

「…………」

眼神凶惡的人到處都是。

雙眼會布滿血絲，原因可能只是單純的失眠。

而那口袋當中的物體，也可能純粹是工具。

這些狀況發生的機率，應該遠遠高於一輝現在想像的「最壞的可能性」。

但是，即使如此——

一輝腦中掠過的「最壞的可能性」依舊占據他的心中，使其騷動不安。

「……好。」

「啊、一輝！你要去哪裡？」

「妳在這邊等一下。」

一輝主動放開抱住自己右手的史黛菈，獨自追上那名身穿工作服的男人。

不論如何，總之先向他搭話，再想辦法確認他口袋中的東西。

如果是自己太過失禮，搞錯了，那也沒關係。

只要之後好好道歉就好。

道了歉，請求對方原諒，就算受點皮肉傷也沒關係。

只要能讓他否定掠過腦中的「最壞的可能性」。

一輝這麼想著，準備開口搭話。

——就在此時。

身穿工作服的男人忽然停下腳步。

而且他是停在商店街的十字路口。那是人群最為交錯往來的地方，他就停在那正中央。

為什麼他要停在那種什麼都沒有的地方？

而答案——

「唔，好痛！老頭，沒事幹麼停在路中央！你發什麼呆啊？」

一群外表大約是中學生的少年們撞到男人，同時，答案揭曉了。

「嘰嘻——————————」

身穿工作服的男人發出不像悲鳴也不像哀號的怪聲，接著有所行動。

他打算快速抽出口袋中的右手。

而在一輝經過淬鍊的集中力與動態視力面前，時間流逝就彷彿靜止一般。他就在甚至不到剎那的瞬間中，觀察著男人的右手。

於是他確認到，男人的口袋中，隱約能見到某物的「反光」。

閃爍著野蠻光彩的刀刃。那是一把刀刃相當厚重的藍波刀。

地點就在十字路口中央，他會在那種地方拔刀，原因只有一個。

一輝感受到的「最壞的可能性」確實命中了。

一輝確認自己的預測成真之後，立刻展開行動。

他在經由己身集中力化為灰白的世界中，比任何人都迅速地有所動作。

一輝為了逮捕那名手持刀刃的男子，使勁蹬地，穿越在往來行人之間。

他與男人的距離只有大約五公尺。刀身只從口袋中露出一半，而站在男人面前的一群中學生還沒發現那把刀的存在。

（來得及……！）

以一輝的速度來說，他絕對趕得上。

他只需要奔向男人的身後，攻擊他的背部，奪走他的意識。

一輝就能在男人拔出整個刀身前，結束這一切。

或許會稍微引起騷動，卻能避開悲劇的發生。

一切多虧有一輝在。若不是他在與男人擦身而過的瞬間，感受到那一絲預感，並將之視為重要訊息，男人所造成的影響可不只如此。

——沒錯，即使一輝將之視為「最壞的可能性」，到此刻為止，都還在一輝的預料之內。

但下一秒，便發生了意料之外的狀況。

「哇——！等等、等等！你不可以做這種事啦！」

某處傳來宛如少女般高亢的慘叫聲，聲音聽起來相當迫切。緊接著聲音的主人立刻緊抓住男人的手腕，即將抵達男人身旁的一輝竟然還慢她一步。

（咦……！）

她在刀身還未完全拔出就抓住了男人。

假設她原本就在警戒這名身穿工作服的男人，並注視著他的口袋，但她若不具備非比尋常的反射神經，是不可能在那個時機介入的。

而且她的體能必須鍛鍊到能媲美一輝。

因此一輝並沒預料到，有人能在這個時機介入。

少女的出現簡直是出其不意，更糟的是，少女抓住男人的同時，男人身體位置也跟著往一旁歪去，少女的身體正好重疊在一輝的攻擊路線上。

「——！」

這樣沒辦法進行突擊。

一輝實在沒辦法，只好立刻減速停在原地。

這段期間內，狀況依然持續發展中。

男人的行動忽然遭到少女中斷，正露出一臉驚訝的神情。少女則是以偏高的嗓音向男人呼喊著：

「大叔，不可以啊！就算你被公司解雇，搞得滿身債，也不能想自殺，還想找人一起下地獄啊！」

「…………!?」

不過她的呼喊，同時傳進周圍路人的耳中——

「喂、你看！這、這老頭拿著刀子啊！」

「咦？嗚哇啊啊啊！」

「呀啊啊啊啊！殺人啊！」

就算刀身還沒完全拔出口袋，一旦被人發覺其存在，任何人都會注意到。男人的右口袋中隱約顯露出的刀刃，引發周遭一片騷動。

有的人直接推開其他人、有的人摔倒在地，包包的物品灑了一地，大家都想趕快逃出十字路口，離男人越遠越好。

而當中只留下少女一人，仍然獨自緊抓著男人的手臂——

「現在你還只是未遂而已，跟我一起去警察局吧。如果鄉下的母親知道你做了這種事，她會很傷心的。沒關係，只要還活著，一切都有可能好轉的！好嗎!?」

清秀的臉孔微微滲出汗水，但她依舊露出笑容，溫柔地對男人說道。

她應該是想安撫男人。

但是男人卻充耳不聞。

「這個混帳小鬼啊啊啊啊啊——!!」

「嗚哇！」

男人因為狩獵受到妨礙，憤怒地大聲咆哮，並且使勁甩開少女。

瘦小的少女輕易地被甩開，當場摔坐在地。

此時，一道陰影籠罩住少女。

那道陰影正是那名宛如惡鬼般的男人，眼看他即將揮刀而下——

（該、該怎麼辦!?）

一輝身處在四處奔逃的人群中，在這個瞬間目睹了一連串的狀況。此時的他卻有些遲疑，不知道自己該做出什麼行動。

本來當他目睹這樣的場面，應該毫不猶豫地幫助少女。

不過——其中一個要素卻讓一輝迷失了原本應有的行動。

不是別的，正是那名忽然闖入的少女。

不——他並不是少女。

即使他的外貌、嗓音是那麼令人憐愛，但他並不是一名少女。

他身上的服裝——正是「巨門學園」的男生制服。

而且，一輝認得他的長相。

一開始一輝還沒發覺，但仔細觀察一陣子之後，便想了起來。

選拔戰結束後，同班同學——加加美讓一輝看過今年的七星劍武祭代表生一覽表。

一覽表上刊登著他的照片。

一輝雖然忘了他的名字，但他的確是伐刀者，而且強得足以出賽七星劍武祭。

既然如此——

（這樣的人物應該不會毫無對策就衝出來才對。）

他就這樣看似漫不經心地登場，應該不是為了吐出那種二流警匪劇的台詞而已。

他應該有某種壓制對手的手段——也就是能力。

而一輝不理解男孩的能力，若是隨便出手，可能會妨礙到男孩。倘若這名男孩確實如一輝所想——

（那這個場面應該交給他處理才是。）

不過一輝才剛這麼判斷的下一秒，金髮男孩面對即將揮下的刀尖，他的反應是——

——抱頭大叫。

「誰、誰來救救我啊啊啊啊————————!!」

（他毫無對策嗎————————!?!?）

意料之外的求救訊號逼得一輝在內心大聲哀號，接著他立刻展開行動。

這個時機即使用跑的也來不及。

不過一輝的腳邊還四散著路人掉落的物品。

一輝全力踢向那堆物品中的口紅，正好擊中即將揮下的藍波刀。

「咕啊!?」

突如其來的重擊使得藍波刀脫離男人的掌心，掉落地面。

同時一輝奔向男人，朝著男人迎面就是一拳！

「嘎啊!?」

男人的鼻血畫出一條拋物線，並且直直向後倒地，一動也不動了。

一輝一拳就讓男人失去意識。

在一旁觀察這個場面，或許會覺得一輝的技巧非常靈活。

不過——

「哈、呼啊！呼呼！哈啊!!」

實際上一輝本人卻是緊張得彷彿在拚命，背上冷汗淋漓。

（好、好險……！這個人真的是什麼都沒想就衝了出來啊……！）

如果自己沒出手，這名男孩肯定會慘遭殺害。

這名男孩毫無防備，甚至刀子即將揮下的那瞬間，他依舊沒有任何動作。

他身為伐刀者，沒有展現出武藝就罷了，竟然連以魔力護身都做不到。

他面對尖銳的刀刃，只是一味地驚恐、怕得縮成一團。

說真的，比起隨機殺人魔，這名有勇無謀的男孩更令一輝捏了把冷汗。

「一輝！」

「呼……史黛菈，妳能幫我報警嗎？就說我們逮到隨機殺人魔了。」

「呃、嗯！我知道了！」

史黛菈隨後急忙趕到一輝身邊。一輝拜託她報警之後，便轉頭看向倒坐在地的男孩。

一輝雖然很想對男孩抱怨幾句，不過他也是差點慘遭不測，不知道他能否面對這件事實。

因此一輝將到口的抱怨吞回喉嚨，向男孩伸出手，這麼問道：

「你有受傷嗎？」

「……啊、嗯，謝謝你救了我。」

男孩看似鬆了口氣，他面露笑容道謝，並抓住一輝的手。

「咦？」

當他見到一輝的臉孔，頓時瞪大雙眼。

「……？我的臉上沾了什麼東西嗎？」

「啊、啊啊！你該不會是黑鐵一輝吧!?」

「咦？嗯，沒錯。怎麼了──」

男孩異樣興奮地提問。而就在一輝回以肯定的那一瞬間──

「嗚哇──！哇啊──！是真人！是真正的一輝啊！」

男孩居然從地上跳了起來，撲向一輝。

「咦、咦咦咦咦咦!?」

「等、等等你在幹什麼啊──!?」

男孩這突然一抱，引得一輝與史黛菈雙雙發出狼狽的慘叫聲。

但是男孩毫不理會驚慌失措的兩人，緊緊抱住一輝。

「感謝上天──！我的確有點期待見到你，可是沒想到會這麼突然！我果然運氣很好啊！」

男孩彷彿見到十年不見的老友一般蹦蹦跳跳的，以全身來表現他的喜悅。

細長的睫毛覆蓋在蒼藍眼瞳上頭，微微搖曳的雙瞳中滿是親切之情，彷彿即將傾瀉而出。

男孩是打從心底為了見到一輝這件事感到喜悅。

不過正因為如此，一輝才更加混亂。

為何這名男孩見到自己會如此欣喜？

「你究竟是……」

一輝正想開口詢問原因，不過史黛菈的行動比一輝更快。

史黛菈一見到那名討喜的男孩抱著自己的男朋友，她甚至忘記報警，按捺不住直接衝了過來，抓住男孩的肩膀，使勁把他從一輝身上拉開。

接著史黛菈便站在一輝身前護住他。

「你是怎麼回事啊！看你的服裝，你應該是男的吧？是GAY嗎？又是GAY嗎？這種角色已經不稀奇了啦！」

史黛菈威嚇著男孩，怒目瞪視著。

男孩因為自己忽然被人推開，吃了一驚。不過他馬上就發現推開自己的人，正是一輝的戀人——史黛菈，立刻察覺她生氣的理由。

「哎呀，真不好意思，史黛菈，我並不是GAY喔。我只是見到一輝太高興了，

© Won

一時興奮過頭而已。」

男孩這麼解釋著，並且重新站好面對兩人，報上自己的名字。

「初次見面，我是巨門學園一年級・紫乃宮天音。我和你們一樣都是七星劍武祭的代表選手——

同時也是〈無冕劍王〉的超級粉絲！」

◆◇◆◇◆

在那之後，警察接到通報後趕來，一輝與史黛菈將隨機殺人魔移交給警方後，便回到一開始的目的——也就是填飽肚子。三人一起踏進商店街中的某間連鎖速食店。

除了一輝與史黛菈以外，最後一人則是方才認識的紫乃宮天音，自稱一輝的粉絲。

他會跟著兩人前來，是因為一輝救了他，他想請兩人吃飯致謝。

「嗯——♪我還是第一次到這種店來呢。這薯條真好吃，雖然油得好像會得高血壓，也鹹得不得了，不過這種味道反而會讓人上癮啊～」

「我也很喜歡，偶爾會吃個幾次。你真的要請我們嗎？」

一輝問向坐在對面的天音。

而天音則是露出充滿善意的可愛笑容，用力的點頭。

「當然囉！一輝可是我的救命恩人，請個麥登勞也沒什麼啦！」

救命恩人。天音這麼說絕不誇張。

實際上，那時候要是一輝沒有介入，天音可能就因此喪命。

就天音的立場來看，他是非得請個客聊表心意，不然反而會心生愧疚。

「……那我就不客氣了。」

一輝理解至此，便順了天音的好意。

他抓起自己的那一份漢堡，剝開包裝紙，大口塞進嘴裡。

舌頭感受著這刺激的味道，意外地美味。學校宿舍的餐點大多是基於營養學設計，營養比例都調整得剛剛好，絕對吃不到這樣的味道。

「話說回來，天音同學。」

史黛菈早早解決掉自己的漢堡。她捏起散落在托盤上的薯條，忽然開口對天音說道。

「叫我天音就好了，我們同年嘛。而且讓公主殿下用敬語稱呼我，感覺有點怪怪的。」

「這樣啊，那我就直呼你的名字了。我有點問題想問你。天音是『巨門』的代表選手對吧？」

「嗯，沒錯。」

「可是我至今為止從未在集訓場見過你，你去哪了？」

天音則說了句：「喔喔。」接著回答：

「我沒有參加集訓。而且我也是今天才剛到這裡，妳沒見過我是當然的。」

「原來如此，所以你打算今天開始加入集訓嗎？」

「不是，今天只是參加集訓的學長們託我帶點東西慰勞他們，我送到之後就要回去了。」

「真可惜，人都來了，參加一下也沒關係吧？」

「啊哈哈……我和史黛菈不一樣，我對七星劍武祭沒什麼興趣。我沒什麼力氣，也沒有學過武術，弱到不行。單純是我的能力很稀奇，才中選代表罷了。」

就算是對七星劍武祭沒什麼興趣的學生，也會被選為代表。

其實像「破軍」或「武曲」這樣，以實戰選拔代表的學園算是少數中的少數。

所以天音應該不是在謙虛。那麼──

「你會察覺那個隨機殺人魔，也是因為那個『稀奇的能力』囉？」

一輝則是這麼對天音說道。

天音對此則是歪了歪頭，有些疑惑地回問：

「……為什麼你會這麼想？」

「只是純粹的刪除法罷了。從天音的外型，以及你被隨機殺人魔襲擊時的反應來看，你的確是不擅武藝。可是當時你抓住了隨機殺人魔的手，那個時機實在太過異常。若不是武術修為相當高的人，不可能在那個時機反應過來。如果那不是武術，剩下的只有伐刀者的能力了。」

一輝答出自己的想法。

天音聽完，便露出了驚訝的神情。

「嗯，不愧是一輝。從那種細枝末節就能看穿，你的觀察力果然名不虛傳。」

〈無冕劍王〉的觀察力，一部分的人甚至將之視為照妖鏡。

天音似乎親眼見識到一輝的觀察力，愉快地感嘆著。

「不過我不能告訴你那是什麼能力。老師曾經叮嚀我，不能告訴其他學校的人。不好意思喔。」

「這當然沒關係，畢竟我們同樣都是代表選手。」

自己的能力洩漏給敵人知道，只是有百害而無一利。

所以一輝並不打算逼問出來，不過──

「不過，天音……如果你的能力不足以壓制住對方的話，以後還是謹慎行動會比較好，畢竟事關自己的性命。」

一輝直視天音的雙眼，如此勸戒他。

而天音似乎感受到一輝的認真，有些不好意思地點了點頭。

「啊、嗯，說得也是……我慌張過頭，竟然忘記用魔力護身……一輝沒在場的話，我不知道會有什麼下場……我真的很幸運。不過──」

「不過？」

「也是因為這樣，我才能親眼見到一輝帥氣的一面啊！對我來說，那個場面實在太美妙了～♪當時的一輝就像是真正的英雄一樣，實在太帥了～♪」

天音反省的神情一變，那少女般的臉蛋露出傻笑。

一輝見到他漫不經心的樂觀模樣，不禁感到頭痛。

（……算、算了，他看起來倒也不是壞人。）

「啊、對了。」

天音忽然想起了什麼，急忙將手伸進自己的包包──

「……實際上啊，我之前就知道『破軍』這次會和『巨門』一起集訓，我也有點期待，搞不好可以見到一輝……呃、就帶了簽名板來了……所以……可以幫我簽名嗎!?」

天音眼神閃閃發亮，拿出了相當高級的簽名板，如此拜託一輝。

「咦？要、要我簽在那個簽名板上嗎？」

「嗯！可以嗎？」

「呃，與其說可不可以……」

天音的請託令一輝有些困惑。

自從他在校內與史黛菈決鬥之後，多少也有些人氣。偶爾也會有人跑來要求握手，或是在手冊上簽名，但是不曾有人拿著這麼正式的簽名板過來。

一輝這樣有些平民性格的人，不禁感到有些退縮。

這應該是偶像明星們會做的事。要自己學他們這麼做，不會很怪嗎？

「我覺得、我的簽名不太適合簽在那麼精美的簽名板上啊……」

不過史黛菈則是從旁建議一輝。

「就幫他簽個名字而已嘛，也沒什麼不好。」

「史黛菈……可是……」

「難得人家這麼仰慕你，給他一點服務也好啊。而且簽名的價值是由收到簽名的那一方決定的。」

「唔…………」

史黛菈說得很對。天音要求簽名的對象不是別人，而是一輝。那就代表他認為一輝的簽名值得這樣的簽名板，一輝不應該將自己的價值觀強壓在天音身上。

因此一輝答了句：「我知道了。」然後接過那張簽名板。

「不過我真的只能幫你簽個名字而已，這樣也可以嗎？」

「當然可以！」

一輝再次確認之後，便以稱不上簽名的字跡簽上自己的全名。

「哇啊──！一輝，謝謝你！我會把它裱框，一輩子好好珍惜的──！」

天音接過一輝的簽名，高興得彷彿要跳起來似的，緊緊抱著那張簽名。

他的樣子簡直像小孩子拿到朝思暮想的玩具一樣。一輝見狀，只能苦笑連連。

（居然要把我的名字裱框掛起來啊……）

有人能這樣仰慕自己，一輝應該感到高興才是。不過他實在不習慣受到這種對待，只感覺汗如雨下，渾身不對勁。

畢竟一輝在遇見史黛菈之前，受人褒獎、尊敬這些事幾乎與他無緣，從某方面來說這也是沒辦法的事——

不過，彷彿是刻意與一輝的心情作對似的——

「天音真的很喜歡一輝耶。我想知道天音到底是喜歡上一輝的哪裡，才成了他的粉絲呢？」

史黛菈這麼問著天音，更是將話題集中於一輝身上。

「應該是戰鬥方式之類。單憑一把劍就能將眾多的敵人斬除，感覺他很聰明也很帥呢！」

「可是校內選拔的影片不是不能外流嗎？」

「話雖如此，不過每個學校總會有位『大神』上傳那些影片喔。特別是像武曲跟破軍這樣，在眾多學生面前進行比賽的話，影片幾乎都已經外流了。

所以只要是一輝登場的比賽影片，我全部都欣賞過了！我可是把影片下載到學生手冊裡，一再重播，所以場內的台詞我全都記住了喔！例如說——我將以我的最弱（最強），擊破妳的不敗（最強）……！」

「噗！」

一輝見到別人刻意做出帥氣的表情，重複自己與〈雷切〉決鬥時的話語，嚇得他口中的薑汁汽水差點從鼻孔噴了出來。

「這句名台詞棒得令人渾身發麻啊！啊、不過我也很喜歡〈獵人〉戰的版本。」

「那、那個，我們可以不要再繼續這個話題了嗎？聊聊別的也好啊？就聊聊別的啦！拜託!?」

「我將以我的最弱（最強），捕捉你的最強……！」

「嗚哇啊啊啊啊啊啊啊啊啊啊啊啊啊啊啊啊啊啊啊！」

「面對〈獵人〉不是用『擊敗』，而是『捕捉』，這樣也很有深意呢。」

「等、別說了！我是太興奮了！我在戰鬥的時候會不自覺興奮過頭！所以拜託你放過我吧！」

難以言喻的「搔癢感」爬滿全身，逼得一輝忍不住抓住天音。

一輝的臉色紅得簡直要噴火了。

不過天音面對一輝的制止，則是一臉不滿。

「嗄啊——為什麼？我覺得很帥啊。對吧，史黛菈？」

忽然被指名的史黛菈——

「咦？呃、對啊。嗯，一輝很帥喔……噗呼呼呼……」

則是眼角帶淚地摀著嘴忍笑。

「史黛菈，妳能直視我的眼睛說這句台詞嗎？」

「〜〜〜」

史黛菈更是用力轉頭無視一輝。

不過一輝也了解她的心情，沒辦法多作抱怨。

自己竟然能毫不害臊地吐出這種台詞。

衝動真的很恐怖。

一輝對自己的言行舉止感到懊惱不已。另一方面，他的粉絲仍然繼續描述一輝的魅力。

「一輝的戰鬥的確很帥……但我更喜歡一輝面對戰鬥的模樣。」

「一輝面對戰鬥的模樣？」

「嗯。這麼說可能有點失禮，我覺得一輝雖然身為伐刀者，在伐刀者的資質上等同於上天的棄兒，至少算是差勁的程度。但是一輝對此卻從未展現出自卑感。不論自己的對手有多麼強大，或是對方的才能遠遠勝過自己，他仍然堂堂正正地正面挑戰對手。他的模樣彷彿是在說『他相信自己的價值』，在我看來，真的是非常的耀眼呢。」

天音述說道。他說：正是一輝這個模樣深深吸引了他。

而一輝聽見這段告白，比起感到害羞，更多的是驚訝。

（他真的觀察我觀察得很仔細啊。）

相信自己的價值。

天音口中所說的「一輝面對戰鬥的模樣」，的確命中了一輝心中的真實。

「啊、哈哈……總覺得在本人面前說這種話，還真的有點害羞呢。感覺我的臉有點燙。」

「…………聽的人才更覺得害羞啊。」

「哈哈，抱歉抱歉。」

天音敷衍般地笑著，接著發出「嘿咻」一聲站起身。

「那麼，我也差不多該回去了。」

「哎呀，反正你跟我們一樣要回集訓場不是嗎？那我們一起走嘛。」

「就憑我要配合兩位慢跑的速度，恐怕不是剛剛吃的東西全吐出來就能了事的啦。」

而且天音的學長們拜託他買的東西還沒買完。因此天音婉拒了史黛菈的提議，臨走之前，他再次面向一輝——

「謝謝一輝幫我簽名。希望你能跨越各種困難，站上七星的頂點。我會衷心為你加油的！」

天音露出微笑鼓勵著一輝。

兩人或許會在七星劍武祭中對上，天音這麼做等於是在為敵人加油，一輝也感覺有點奇怪。但是特地吐槽這樣明顯的好意，未免太不解風情了。

（既然他這麼坦率地支持我，我也得好好回應才行。）

正當一輝打算露出微笑，感謝他的鼓勵——

（——咦…………）

在這個瞬間。

他在心中感受到一股異狀——頓時無言以對。

「一輝……………？」

「………啊、沒事。嗯，我會加油的，謝謝你。」

一輝沉默半晌之後，擠出了隻字片語回應天音。

天音一時之間雖然對一輝突如其來的沉默感到些許訝異。

「那麼，再會了～」

不過天音聽見一輝的回應後，滿足一笑，接著獨自離去。

◆◇◆◇◆

「呵呵呵，一輝終於也有校外的粉絲了呢。你開頭那個時期簡直像是一場夢。」

天音離開之後，史黛菈一邊咬著剩下的薯條，開心地笑道。

一輝對此，則是淡淡地點了點頭。

「……是啊。」

「而且天音也對你非常熱衷呢。」

「史黛菈，妳好像看起來特別開心啊。」

「當然開心啊。一輝可是贏過我的人呢！我當然很開心有別人認同你的力量。不過像天音這樣，不只是看到你表面的強大，更發覺了一輝真正的優點。這優點也是我喜歡上一輝的原因，所以我就更高興了。一輝也不討厭他吧？有粉絲能真正了解自己之後，仍然繼續支持自己，這可是很難得的事呢。」

「……嗯，的確是…………本來應該是這樣才對。」

「一輝…………？」

史黛菈感覺一輝的回應有著微妙的「滯塞感」，便看向他的臉龐。

「…………」

只見一輝盯著天音離去的店內入口，神情挾帶異樣的緊繃。

不、他的神情——不只是緊繃的程度。

一輝的臉上……甚至出現明顯的汗滴。

店內的空調明明有正常運作。

「一輝，你怎麼了？怎麼會滿頭大汗……」

「史黛菈。」

史黛菈開口的同時，一輝出聲詢問史黛菈。

「在史黛菈看來，天音同學究竟是什麼樣的人？」

「什麼樣的……待人和善，長得很可愛，最重要的是他有好好了解一輝，感覺人很不錯啊。」

而一輝聽完史黛菈的答案——

「嗯……說得也是。一般來說，的確是會、這麼想……」

一輝的語氣有如呻吟一般，接著皺眉苦思。

（沒錯……因為他沒有讓人討厭的地方。）

紫乃宮天音。

他的外表有如少女般可人。

他挺身而出對抗隨機殺人魔，阻止悲劇發生。即使最後的結果是他力有未逮，但他卻擁有善良的心。

他甚至是這麼仰慕自己，尊敬自己。

這一切的一切，都令人對他產生好感。

本來一輝應該會喜歡他才是。

明明是如此——但是——

（我對他這個人，竟然連一絲好感都感受不到……）

天音臨走前的一番鼓勵，一輝本想以笑容回禮的時候，他才忽然發覺這件事。

一輝居然得拚命勉強自己才能對天音展現笑容，這讓一輝非常訝異。

天音的話語、表情，以及他釋出的那種宛如幼犬般的好意。

原本應該是相當討喜的。

但事實上，自己對於這些討喜的舉動，竟然是全然的無動於衷。

實在是莫名其妙。

一輝自己也搞不清楚，為什麼自己無法喜歡天音？

正因為如此，這個事實伴隨著難以形容的詭異，彷彿煤焦油一般沾黏在一輝心中。

「…………」

一輝實在是太過在意這份詭異的感覺。

因此一輝取出學生手冊，試著聯絡某個人物。

電話馬上就接通了。

『你～好～喂喂？真稀奇，學長竟然會主動打給我。有什麼事嗎？』

「啊、加加美，妳現在可以講電話嗎？我有點事想請教妳。」

『嗯，現在沒問題。我只是要和艾莉絲他們一起去喝茶啦。所以你想問我什麼？』

「加加美除了『破軍』以外，會調查他校選手嗎？」

『當然囉。我最少會確認各校的代表選手名單。』

「那麼妳知不知道，『巨門』代表的紫乃宮天音是個什麼樣的人物？」

『什麼樣的人物啊？這個問題問得有點籠統呢。』

「呃、妳說得也對。唔嗯……」

一輝聽見加加美這麼說，頓時覺得不妙。

這麼問的確太模糊了。

但是要知道天音的什麼情報，才能抹去心中這股詭異的感覺？

一輝自己也不曉得，因此煩惱了片刻。

不久，加加美彷彿察覺了一輝的苦惱，忽然開口說道：

『沒關係啦，關於紫乃宮同學，我知道的也很有限。』

「是這樣嗎？」

『他的情報太稀少了。畢竟他沒有參加過中學聯盟（Senior）大賽，目前所知的只有他是屬於相當稀有的因果干涉系伐刀者，並且因此獲得推薦成為代表。話又說回來，其實今年特別多這種選手呢。有很多無名的一年級生沒有參加過中學聯盟就入選代表，而紫乃宮同學就是其中一人。我對他的印象大概只有這些而已——既然學長會指名他，我也稍微有點興趣了。你跟紫乃宮同學之間發生什麼事了嗎？』

一輝面對這個疑問感到有些遲疑，不知道該不該告訴她自己感受到的詭異。不過就連自己都搞不懂原因，一輝不想隨便說他人閒話。更別說自己根本無法用言語形容這股詭異感。

「不、我是剛才在慢跑的中途，偶然認識他。只是有點在意他是什麼樣的人。」

最後一輝只好這樣蒙混過關。

『哦？我還以為他不會參加集訓，他還是有來山形嘛。』

「他似乎只是幫學長們帶慰勞品來而已。」

『那我就稍～微～來個跟蹤採訪好～了，呼呼呼。』

「啊哈哈……適可而止就好。這麼突然打給妳，不好意思。」

『不會不會，我才要說不好意思，沒幫上什麼忙。如果我得知什麼有趣的事，會再告訴學長喔～』

「嗯，謝謝妳。那麼就這樣了。」

一輝道了聲謝，便掛斷電話。

結果還是得不到什麼有用的情報。

他的情報真的是非常稀少，居然就連消息靈通的加加美都不清楚。

「你會不會想太多了？可能只是一輝跟天音註定合不來嘛。可能你們前世是仇人，或是互相搶女人，也有可能兩種都有。」

「是這樣嗎？」

「大概吧。我覺得任何人都會碰見怎麼樣都合不來的人啊。」

「……」

合不來。

這股異狀是否能用這麼簡單的字句來解釋？

但是自己也沒辦法解釋為什麼會覺得天音詭異。

「嗯……說得也是。可能就是這麼回事也說不定。」

他也只能接受這種說法。

但是就算他彷彿自欺欺人般地，對自己這麼解釋，卻只是在心中空虛地迴盪著，這猶如煤焦油般黏稠的詭異依舊揮之不去。

而心中靜靜沉澱之後，隨之而來的是難以形容的——凶兆。

一輝起了非常不好的預感。

他注視著天音離去的店門口，這麼想著。

自己剛才搞不好遇見某種恐怖至極的事物也說不定。

破軍學園壁報

角色介紹精選　　文編・日下部加加美

YURI OREKI

折木有里

■PROFILE

隸屬：破軍學園

伐刀者等級：C

伐刀絕技：染血海域（Violet Pane）

稱號：死亡宣告（Jolly Roger）

人物簡介：破軍學園教師

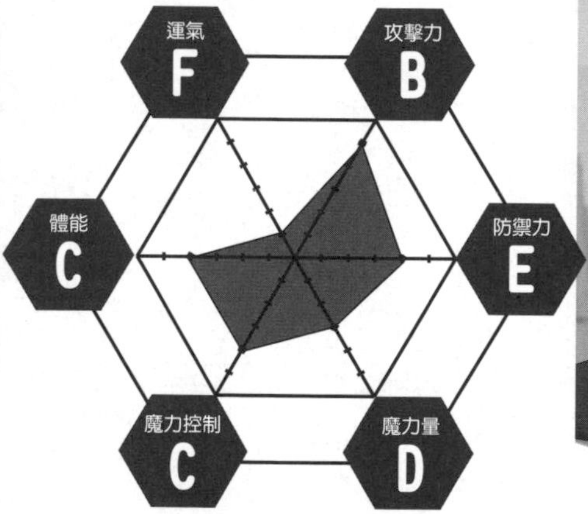

加加美鑑定！

這次的壁報介紹的不是學生騎士，而是破軍學園之中負責教育我們的教師們！

第一發就是我們的級任導師・折木有里老師！

折木老師的能力為「共享疼痛」。折木老師能將自己感受到的痛楚，分享給能力範圍內的所有敵人。

最大射程為數公里遠，屬於戰略級能力，一次能同時捕捉數百人以上。

老師罹患的疾病絕對不算少。普通的騎士要是共享老師的痛楚，只要一次就會昏倒了。這個能力看似相當樸實無華，卻相當實用喔。

另外，聽說這招並不會造成真正的傷口，老師偶爾會用來處罰不聽課的學生……((((;ﾟДﾟ)))) 抖抖抖抖。

第二章
陰謀蠢動

雪國朦朧的太陽從地平線的彼方緩緩升起。

艾莉絲做完黑手黨們賦予的工作，踏上歸途。

這個時期的清晨，氣溫冷得足以殺人。

寒風刺骨之中，妹妹們親手製作的圍巾更令艾莉絲感到暖和與安心。

「呦，艾莉絲。」

高處忽然傳來說話聲。

艾莉絲抬起頭一看，熟悉的紅髮少女正走在石牆上。

看起來真像貓。艾莉絲在內心苦笑，並且答道：

「尤利……真難得，我們竟然能一起回去。」

「對啊——」

尤利輕巧地從兩公尺高的石牆上跳下來，走到艾莉絲身邊。

接著她抱住艾莉絲的肩膀，狠狠地抖著。

「唔——冷死了、冷死了。你那條圍巾看起來好暖，真好。」

「呵呵，羨慕嗎？」

艾莉絲見到尤利拋來羨慕的視線，更是故意將圍巾弄蓬鬆現給她看。

「稍微借我一下啦。」

「不行，尤利一定馬上就會弄髒。」

「嗚——男人怎麼可以讓女孩子冷到，將來會不受女孩子歡迎喔。」

「別只有對自己有利的時候，才一副女孩子的樣子……不過呢……」

艾莉絲稍微解開脖子上的圍巾，接著靠向尤利的肩膀，將一部分的圍巾圍在她的脖子上。

「好了，這樣就能一起用了。」

「……等、等等，這樣有點丟臉…………」

「又沒關係，這樣比較暖和啊。」

尤利頓時羞紅了臉。艾莉絲見到尤利難得像個少女一般的反應，則是一臉壞笑。

於是兩人就這樣肩並肩，走在人煙稀少的嶄新街道上。

途中，兩人聊起出門工作前舉行的成年禮。

「——那兩個孩子也開始想成為『大人』了啊。還真是長大不少呢。」

「自從我們撿到他們，已經過了兩年了啊。不過他們還是小鬼呢，我們在他們那個年紀，可是比他們還要強得多啊。」

艾莉絲聽見尤利這句**「我們」**，神情染上些許苦澀。

「……人家可不太想記起那時候的事呢。」

「真冷淡啊。我身上可是還留著艾莉絲刺出的傷疤喔。」

「這件事算是彼此彼此。人家也是當時輸給妳了，才像這樣成為妳的部下，少露出一副被害者的表情。」

艾莉絲不滿地回嘴道。此時他也稍微想起以前的事。

艾莉絲與尤利同樣都是孤兒，也是伐刀者。

由於雙方多少都擁有能力，他們花了很長一段時間，流了不少血，才建立了現在的關係。

他們為了爭奪稀少的糧食或睡床，兩人的戰鬥幾近於廝殺，次數更是一隻手都數不完。

但是兩人早就厭倦那樣的日子。

每一天都為了自己從他人手中奪取事物，過著空虛無比的生活。

因此兩人決定結束那段空洞的日子。最後一天，他們以「那瓶酒」舉杯起誓。

既然我們這麼強，一定能守護更多的孩子。

從此以後，這個力量不能用在強取豪奪，而是為了愛護他人而使用。

他們要成為這樣「帥氣的大人」。

兩人在那之後都遵守著「那杯酒」的誓言而活。

兩人將無力的孤兒招進團內，一起照顧他們。

「……我們好像也在這條路互相砍殺過呢。」

「是啊。這附近跟那時候比起來，變得可真漂亮呢。」

正如尤利所言，兩人步行的這條街道鋪上了白皙的石子，道路旁的建築物也重新油漆過。

兩人還在互相爭奪的那個時候，這條路實在糟糕到極點。道路上的石磚破損不堪，甚至連車子都沒辦法順利通過。若是有無知的旅人不小心迷路闖了進來，可是會在幾秒內就被人剝光。

順帶一提，道路更新是有理由的。

而那個理由——便是牆壁四處張貼著的海報，上頭畫著五個環互相連接的圖案。

「這似乎是很大的慶典，世界各地的人都會來到這裡，所以他們也不能讓外人見到不體面的地方吧。」

「不體面的地方啊……」

尤利若有深意地呢喃道。

艾莉絲則是立刻察覺了她的意思。

「——官員又來了嗎？」

「嗯，昨天來的。」

……即使現在生活得相當貧苦，艾莉絲還是很喜歡這樣的生活。

就算身分再怎麼低微，只要能大家一起活下去就好了。

但是最近奧運逼近，隨著一般大眾的狂熱逐漸高漲，他們的生活籠罩了一層陰影。

狩獵流浪者。

身為一個國家、一個城市，絕不能讓外地人見到難看的一面。

大人們抱著這樣的心態，開始將流浪漢、流浪兒童趕出舉辦地附近的城鎮。

他們不是施以保護。

只是以棍棒毆打、拳打腳踢之後，趕走這些流浪漢。

而現在狩獵流浪者的獵人們，終於盯上了艾莉絲這群人。

「那些混蛋說他們倒是可以收養我跟艾莉絲，因為我們是能力者。」

「不可能。」

「當然不行，要是我們不在了，娜塔莎他們該怎麼辦？修女也是心知肚明，所以努力地趕走他們了。那些官員真的很令人不爽耶。」

「就他們的立場來看，要是讓觀光客被我們搶了，也是醜事一樁呢。」

不過就算他們要艾莉絲等人離開，他們也不可能就這樣乖乖離開。

這個時期的寒冬會更加嚴酷，要是他們被趕到陌生的環境下，等同於「死刑」。

「至少有哪個孤兒院能收養娜塔莎他們的話，要我們走也沒差就是。只有我們兩個的話，哪裡都活得下去。」

「這也很難做到呢……若是這麼簡單就找得到收養他們的地方，像我們這樣的孩子也不會到處都是了。」

正如艾莉絲所說，流浪兒童本身就是這個國家的社會問題之一。

因此他們沒辦法照顧全部的孩子。

不，他們或許做得到，但是政府沒那個打算。

他們忙著更新少人使用的道路，建造沒有展品的美術館，根本沒那個空閒照顧流浪兒童。

那麼，孩子們只能自力更生。

而為了活下去，他們絕不能在這種季節被人趕出城鎮。

不過──

「不過，也差不多是時候了呢。』

艾莉絲輕聲呢喃著自己的想法。

尤利輕輕點頭。

「……是啊，修女這麼照顧我們，我們不能再給她添麻煩了。」

修女是個好人，願意讓他們躲在那間雜物間。

她一個人撐著這間遠離市區的教會，因為捐獻相當少，她甚至還自掏腰包煮湯給孩子們。

兩人不到十年的人生當中，還是第一次遇見這麼善良的大人。

但是……正因為如此，兩人已經不想再看到鎮上官員痛罵修女了。

「好！決定了！」

尤利忽然離開艾莉絲身邊，指著太陽升起的方向。

「艾莉絲，我也差不多待膩寒冷的地方了。等到這個冬天結束，天氣稍微暖一點之後，大家一起離開這個城鎮，目的地是南邊！」

（那邊是東邊………）

她可能只是想指著溫暖的地方。艾莉絲心想，便刻意不說出口，點頭同意。

「……嗯，好啊。找個暖一點的城鎮。」

實際上，艾莉絲也打算找個時機和尤利討論，大家一起移動到更溫暖的地方去。

他們照顧的弟妹們也都有一定的體力了。

只要撐過這個冬天，應該能做個長途旅行。

「目標是赤道以下！」

「就算是牛羚大遷徙，也沒這麼誇張啦。」

艾莉絲傻眼地說道。

但是他的表情倒也有幾分認同。

他也同樣對春天的旅程充滿期待。

希望新的城鎮能跟南方一樣溫暖，能讓大家安心生活。

但是到了最後——這個搬家的約定並未實現。

悲劇總是突然到來，破壞了幸福的一切。

而艾莉絲掌中這小小的幸福也是同理。

一輛漆黑的轎車，忽然從艾莉絲兩人身旁呼嘯而過。

「……看來這裡的裝修並不是很順利啊。」

「咦？怎麼會呢？大道上的瓷磚全都重鋪了，外牆的塗裝也幾乎要完成了。』

「我剛才看到髒東西。就在路旁的角落。」

「……您是說流浪兒童嗎？」

「只要那些髒兮兮的小鬼們到處亂逛，就算在整個城鎮鋪滿波斯地毯也是浪費。他們要是在奧運期間幹些乞討之類的事，這個鎮上的地價可能會受影響啊。」

「但是流浪兒童是這個國家本身的社會問題，只靠我們根本沒辦法……而且這附近被那個尤利的孤兒團當作地盤。那群孤兒雖然大多是幼小的兒童，但兩名首領都是能力者，普通的職員很難對他們出手……」

「一群廢物，兩個小鬼就能把你們嚇成這副德行。」

「……那麼要利用警察強制趕他們出去嗎？」

「別開玩笑了。而且那裡的警察署長可是對下任市長的寶座虎視眈眈。要是命令他們做這種事，他們可是會滿心歡喜地拿來當作負面宣傳的把柄，趁機指責我不人道。」

「那麼……您想怎麼做？」

祕書見上司絲毫不能體諒現場的辛苦，恣意妄為，語氣厭煩地回問。

而老人對此——則是若無其事的說道：

「就讓同為垃圾的傢伙去掃除那些垃圾好了，這樣最省事。」

他說話的語氣異常輕鬆，彷彿只是叫人泡杯咖啡而已。

◆◇◆◇◆

巨門與破軍的共同強化集訓即將結束，在結束前一天的深夜。

天氣非常不巧地下了雨。

雨勢雖然大，但還不到暴風雨的程度，碩大的雨滴啪搭啪搭地敲響窗戶。

集訓場大方地借給各校新聞社一間房間，破軍新聞社社長‧日下部加加美就待在這間房間，一邊傾聽著這心曠神怡的雨聲，一邊整理集訓期間收集到的資料。

小小的檯燈燈光下排列著各種文件。這些全都是她在這場集訓的採訪內容，以及與各校新聞社交換的選手情報；桌上的筆記型電腦則顯示著其他新聞社員收集到的他校集訓情報。

加加美為了製作七星劍武祭前的特別號報導，她必須參照所有的情報，以一定高度俯瞰、統整七間學校在集訓期間的動向，以及各自的戰力分析。

——而加加美在這項作業途中，發現了某樣東西。

契機是一輝的電話，他忽然在意起紫乃宮天音這個人。

說老實話，加加美對紫乃宮天音實在稱不上有興趣。

他確實是一位充滿謎團的選手。

加加美甚至連他身懷什麼樣的能力都不清楚。

但那也是因為他並未參加中學聯盟大賽。像他這樣的「無名新星」，情報不多倒也不是什麼怪事。

各個學校本來就不會洩漏伐刀者的能力。

選手的情報外流，反而會對各校不利。

而且今年的代表中有幾個不曾參加中學聯盟的一年級生，也就是說除了天音之外，還有好幾個這樣的選手。

因此加加美只把天音當作「無名新星」的其中一人，並不打算對他多所調查。

〈烈風劍帝〉黑鐵王馬、〈紅蓮皇女〉史黛菈・法米利昂。

以及現任〈七星劍王〉諸星雄大。

還有很多選手比天音更值得注目。

但是當一輝來電，她的腦中便悄悄萌生了對天音的興趣。

因此加加美在統整七校情報之餘，抱著輕鬆的心情稍微滿足一下好奇心。

結果——

「這是……什麼…………」

加加美頓時錯愕。

即使是炎熱的夏季，東北的深山中依舊涼爽。但加加美卻全身冷汗淋漓。

加加美注視的，是她辛苦得來的資料，紫乃宮天音的第一學期成績表。

而上頭記載著課堂上舉行的模擬戰戰績。

六戰六勝——其中**六次不戰而勝**。

「這個人是怎麼回事……」

加加美以新聞社的身分收集過大量選手的戰績資料，但她還是從未見過如此詭異的戰績。

（不、真要說從未見過…………）

或許是因為她見到天音這份異常詭譎的戰績。

加加美至今未曾在意過天音，但現在就連這件事本身都顯得不自然。

（……過去的七星劍武祭不曾有這麼多「無名的一年級生」參賽。）

純粹只是今年特別人才輩出。

加加美目前為止都是這麼想的。不過這真的有可能嗎？

不論本人意願與否，這個世界都會關注有能力的人物。

而在這樣的世界之中，竟然有如此多的一年級「強者」足以獲選代表——**彷彿他們從未受人關注一樣。**

（簡直像是一群身處暗處的人物互相串通好似的……）

「…………」

加加美忽然驚覺。

自己或許察覺了什麼不得了的事。

而這件事對自己這樣的一介學生來說，實在是太過龐大、太過脫離現實了。

（但也不能撒手不管。）

既然察覺到異狀，就非得深入追查。

這就是記者。

於是加加美翻遍所有的資料，追查自己感受到的異狀。

七校所有的代表生情報。

董事會，以及七星劍武祭營運委員會的成員。

甚至是協助營運的贊助商列表。

加加美以俯瞰的高度去觀察這些構成七星劍武祭的所有要素。

——接著，數小時過去，時間來到草木皆已入眠的凌晨兩點。

日下部加加美終於找到了。

她日以繼夜磨練身為記者的能力。而正是這份過高的能力，讓她發現了不該觸碰的真相。

（沒有錯。）

加加美注視著本次七星劍武祭參賽者，也就是七校的代表生名冊，低聲呻吟。

「……這七校之中……還有一所學校……！」

就在這個瞬間。

燒灼般的高熱貫穿了加加美的背部。

「——咦？」

加加美低頭注視著資料，而視野中也見到銀灰刀刃穿過胸口的瞬間。

檯燈的光芒加諸在刀刃上，刀刃閃著灰暗光芒的形狀，加加美似曾相識。

（果……然……）

貫穿加加美的匕首型固有靈裝，正是〈暗黑隱者(Darkness Hermit)〉。

——而靈裝的持有者則是：

「艾、莉……絲……」

「……」

加加美使盡最後的力氣，看向身後。

熟悉的同學正站在她身後，露出她從未見過的冷漠神情。
同學——有栖院凪冷漠地開啟雙唇。
他的語氣不存在任何情感，彷彿死屍一般地說道：
「妳太聰明了呢。」
接著他便拔出刀刃，伴隨著一陣血肉模糊的聲響。
同時加加美也身軀一軟，倒在資料堆上。
（不行……………）
加加美打算起身逃跑，但是全身卻虛軟無力。
一旦在〈幻想型態〉之下受到致命傷，特有的黑影便無情地奪走加加美的意識。
（學長……史黛菈…………要、小心啊…………）
因此加加美只能祈禱。
她的喉嚨早已無法叫喚，只希望這份心意能夠傳達給他們。
（今年的七星劍武祭……潛藏著怪物啊…………！）
接著日下部加加美隨即失去意識。

◆◇◆◇◆

有栖院輕輕蹲下身，觀察加加美的狀況。

她已經完全失去意識。

按照這個樣子看來，她應該會昏迷一整天。

「真遺憾啊……要是加加美再稍微遲鈍一點，還能再跟妳當幾個小時的朋友呢。」

從結論來說——

『七校之中還有一所學校。』

加加美的直覺——確實是命中了。

正如她的直覺，今年的七星劍武祭的確有某個勢力在暗地裡活躍。

這個勢力名為——「曉學園」。

這所學校是**某個巨大組織**為了「摧毀七星劍武祭」而創設的。

現在共有七名學生。

校內的學生都是創設「曉學園」的某個巨大組織（贊助商）從恐怖組織〈解放軍（Rebellion）〉雇來的。他們全是地下世界的精英。

他們藏身於既有的七校之中，並且全都獲得七星劍武祭的代表權。

藉由讓身處七星之外，**非經聯盟認可的新勢力**在七星劍武祭中奪冠，徹底破壞這場祭典。

而加加美察覺了他們的存在。

正因為她察覺了——才會遭人襲擊。

「真的是、非常遺憾。」

此時，口袋中的電子學生手冊忽然震動。

雖然方才就來了幾通電話，不過他當時正在影子中監視加加美，所以完全無視那些來電。

有栖院從口袋中取出與破軍不同的另一具學生手冊。

他就算不看螢幕，也知道是誰打來的。

會藉由這具手冊聯絡的，是曉學園負責聯絡事宜的男人。

只有〈小丑〉平賀玲泉一個人而已。

「什麼事？」

『啊、終於接通了呢。你完全不接電話，害我以為被你討厭了。』

「你以為人家有喜歡過你嗎？」

『真嚴格啊。』

有栖院聽見話筒傳來愉悅的高笑聲，不悅地瞇細眉眼。

他怎麼也無法喜歡這個男人的聲音。

雖然音色平穩清亮，但是裡頭卻包含著嘲笑一切的輕薄感。

『話又說回來，你怎麼沒有馬上接電話呢？』

「這裡稍微出了點問題。」

『喔？什麼樣的問題？』

「破軍新聞社的女孩似乎發現我們的行動了，所以人家就讓她閉上嘴了。」

『……她察覺到什麼程度？』

話筒中的語氣忽然僵硬了些許。雖然只有很細微的程度，但確實稍顯僵硬。

有栖院抓起加加美昏迷前注視的資料，開口答道：

「貪狼學園　多多良幽衣。

巨門學園　紫乃宮天音。

祿存學園　莎拉・布拉德莉莉。

文曲學園　平賀玲泉。

廉貞學園　風祭凜奈。

武曲學園　黑鐵王馬。

破軍學園　有栖院凪。

——以上，包括平賀（你）和有栖院（人家）都在名單之中。」

『……這還真有兩把刷子。』

「人家除了負責聯絡的你，以及特別邀請的王馬以外，並未被告知其他成員其他成員的名字，所以人家沒辦法判斷這份名單是否完全正確。不過既然她已經大致上察覺我們的企圖，總之人家就先讓她閉嘴了……這份名單是正確答案嗎？」

『抱歉，我現在沒辦法告訴你關於成員的詳細事項。現在告訴你也只是多產生無謂的風險罷了。反正今天傍晚就要舉行〈前夜祭〉了，到時就算你不想也會和他們面對面，到時候再介紹你們認識……不過，就算不多說其他人，那份名單也有七分之三的命中率，為什麼會被發現呢？』

「就手邊的資料看來，她應該徹查所有代表選手的過往了。我們除了特別來賓以外，所有人的過往經歷全都是假造的。只要仔細篩選，多少會有些異狀。」

『原來如此、原來如此。也就是說這是文件製作組的缺失囉？算了，這部分的責任之後再追究——不過你的行動相當恰當呢。真不愧是〈黑影凶手〉，真可靠啊。啊、對了，你怎麼解決那隻直覺敏銳的小老鼠？』

「暫時讓她昏迷而已——如果要殺掉也是可以，如何？」

有栖院回應的語氣中不含一絲躊躇。

即使到昨天為止，他還是以朋友的身分對待那名少女。

這語氣宛如冰冷刀刃一般殘忍，話筒另一端的平賀不禁慌了一下。

『啊啊、不用不用。殺掉之後還要藏屍體，太麻煩了。我們『曉學園』的存在會洩漏給全世界知道的。把她監禁在哪個地方一整天就夠了。』

「人家知道，只是開個玩笑……所以你聯絡人家還有什麼事？」

有栖院催促平賀說重點。

他本來就很討厭平賀，沒打算和他說太久。

而平賀則是——

『不、不，有事找你的不是我。只是有位人物說想和你說說話。啊、我換他接個電話。』

他說完，便將電話換給另一個人。

而接著話筒傳出的聲音——

『艾莉絲，是我。』

（——！）

有栖院的神情瞬間僵住。

隔著話筒雖然看不見對方的模樣，但有栖院馬上就知道了。

他不可能聽錯。

這有如鉛塊般沉重且嚴厲的語氣——

「好久不見，華倫斯坦老師。」

『是啊，自從你出發到了日本之後就沒見了。』

〈獨腕劍聖〉華倫斯坦大師。

這個男人是〈解放軍〉的菁英——〈十二使徒(Numbers)〉其中一人，同時也是他相中曾經是孤兒的有栖院，將他培養成名震〈解放軍〉，人稱〈黑影凶手〉的殺手。

「老師也到了日本(這裡)了啊。」

『我身為監督，當然要親赴現場。』

華倫斯坦已經來到日本了。

這個事實令有栖院顯得些許僵硬。

這是因為他深知華倫斯坦的強大，而感到畏懼。

若是以〈騎士聯盟〉的基準來看，華倫斯坦的實力等同於A級騎士。他的能力不論攻守，毫無破綻，劍術也相當優秀。

他毫無疑問是〈解放軍〉首屈一指的強者。

而這樣的人物將要直接指揮現場，〈解放軍〉對今年的七星劍武祭所策劃的陰謀，似乎是相當認真。

「老師，所以您今天有何貴幹？」

有栖院簡單打完招呼，便詢問他來電的原因。

華倫斯坦則是以嚴格的語氣質問道：

『……艾莉絲，你在我的學生當中也稱得上是特別優秀。黑手黨、邪教教團、恐怖分子……這些人和我們一樣，生活在地下世界，爭奪地盤，實力也相當優秀，而你就是專門暗殺他們。某方面來說，這比暗殺權貴還要更加高難度，但你仍然展現出相當耀眼的戰果。事到如今，或許不用再確認什麼，但你應該了解自己現在的角色吧？』

有栖院對此——則是短暫地沉默。

接著他彷彿在與什麼訣別似地閉上雙眼，下定決心——

「是，人家當然清楚了，事前準備萬無一失。人家與『破軍』的主力陣容已經建立了相當高水準的信賴關係，至少**最開始的一擊**一定能無條件成功，而人家的伐刀絕技——〈縫影〉（Shadow bind）一擊就能奪走對手所有的戰鬥能力，老師不需要太過擔心。人家賭上〈黑影凶手〉的名號，必定讓〈前夜祭〉順利進行。」

有栖院毫不猶豫地承諾。而這句回應——

『……能聽見你這番話，我就安心了。』

華倫斯坦語帶笑意地激勵有栖院。

『全靠你了，艾莉絲。』

而艾莉絲也給予肯定回應。

「是，就交給人家吧。」

有栖院以這句話作結，切斷了與華倫斯坦的對話。

（老師竟然會聯絡我……）

這還真是稀奇。

但這也是沒辦法的事。

今天的〈前夜祭〉，是雇用〈解放軍〉的贊助商最看重的指令。

為了破壞「七星劍武祭」誕生的新勢力——「曉學園」，這場盛會便是他們的開幕式。

絕不容許任何失敗。

要是在這裡有任何的失誤，〈解放軍〉與贊助商的計畫將會化為泡影。

（那麼首先得收拾這裡才行。）

為了讓〈前夜祭〉按照計畫進行，他必須先將倒下的加加美、加加美的資料隱藏到今天傍晚為止。

有栖院在影子中施以魔力，接著讓昏迷的加加美以及文件緩緩墮入影中——

「可別怪人家喔。為了讓計畫順利進行，可不能增加太多不確定要素。」

消除了所有的痕跡。

◆◇◆◇◆

有栖院將加加美以及她收集的文件藏到不為人知的場所後，回到選手用的住宿設施。

並且直接走向自己的房間，打開房門。接著——

「歡迎回來，艾莉絲。」

床邊的檯燈隱隱照亮陰暗的房間。

珠雫身穿長版睡衣，趴在床上閱讀著文庫本，同時出聲迎接有栖院。

「哎呀，珠雫，妳還沒睡嗎？」

「我等一下就要睡了。」

珠雫說著，手指輕輕翻過書頁。

的確，她手上的書頁已經沒剩幾頁了。

「妳在看什麼書呢？」

「小姑必讀．玩弄新娘的一百零八種方法。」

（好可怕！）

「……是說，有栖院，妳（註3）最近很常夜遊呢。」

有栖院聞言，默默思考該怎麼回答。

有栖院當初在一旁聽見一輝與加加美之間的電話，便相當在意電話內容。從那之後，他為了監視加加美，夜晚也變得經常外出。

連續幾個晚上都出門散步，難免會令人起疑。

而且還是這種雨天。

不過要是隨便扯謊也可能會被珠雫看穿。

珠雫可是名相當通曉人心的少女。

「人家也不是都在玩喔。七星劍武祭也快到了，人家也要好好準備才行。」

有栖院曖昧地回答道。他並沒有說出真相，卻也沒有說謊。

「這樣啊。」

珠雫則是不太感興趣地回應，繼續閱讀書籍。

珠雫對他人的漠不關心，在這種時候反而值得慶幸。

註3　對珠雫來說，有栖院是女生，會冠以女性稱謂。

她的關注與興趣，全都在哥哥・黑鐵一輝身上。

（人家也有點嫉妒他了呢。）

有栖院會這麼想，或許是自覺到他與珠雫的生活，即將在今日畫下終止符。

〈前夜祭〉結束之後，有栖院就要離開「破軍」了。

而且這一離開，便是永遠不會再回來。

所以——

「珠雫啊。」

有栖院走進房間，從放置房間角落的旅行袋中，取出一支外觀老舊的酒瓶。

「妳可以陪人家喝一杯嗎？」

最後一晚，他邀請珠雫一起喝杯睡前酒。

珠雫答應有栖院的邀請，緩緩起身。

不過在黑暗中，她望向有栖院手上的酒瓶——

「那該不會是之前我們兩個人一起去酒吧的時候，那種藥味很重的酒吧？就是我喝過一小口的那種。」

珠雫這麼一說，有栖院才想了起來。

（話說回來，慶祝選拔戰初戰勝利的時候，有讓她喝過一點呢。）

說是珠雫喝過，也只是從旁接過有栖院正在喝的酒杯，輕輕沾了一口。

不過威士忌那如藥品般的味道薰得珠雫眼角含淚，她馬上就抓起水杯（chaser）一口灌下。

「抱歉，人家忘記了。那我還是一個人——」

「不，沒關係。」

珠雫說完，便離開床鋪，坐在沙發上。

「可以嗎？妳不是不敢喝？」

「沒關係，因為今天是個特別的日子。」

（特別的日子？）

她今天碰上什麼好事了嗎？

有栖院雖然有些遲疑，但既然她本人都說要喝了，應該是沒關係。

有栖院取出兩只玻璃杯，然後走向沙發。

他在珠雫對面坐了下來，將琥珀色的液體注入兩只玻璃杯中，並且遞出其中一杯。

珠雫接過玻璃杯，拿近鼻邊一聞。

「唔！」

表情瞬間皺在一起。

看來這足以貫穿鼻腔的特殊酒香，並不是一天兩天能習慣的。

「……艾莉絲也真奇怪，明明有其他更容易入口的酒，妳卻不喝。」

「呵呵，是啊。」

有栖院也認同這番話，不過——

「不過一說到酒，人家就覺得酒不能太容易入口啊。」

「什麼意思？」

珠雫疑惑地問道。

有栖院則是望向桌上那支標籤破舊的酒瓶，開口說道。

「……這是以前的事了。人家還很小的時候，住在附近的好友們都這樣傳著：『這種難喝的東西，大人們都可以開心地喝下去。所以只要能喝下這種酒，他就是大人了。』」

珠雫聞言，彷彿打噴嚏似地輕輕笑了出來。

「嘻嘻，這什麼啊。這理由真可愛。」

「是啊，真的很可愛……所以只要有孩子能喝下這酒，他就能變成『大人』，能夠『獨立自主』了。」

「有點像是妳們朋友之間的成年禮？」

「妳的說法幾乎算是正確答案囉。」

「艾莉絲真是壞孩子，那時候的妳根本還沒成年吧？」

「人家的故鄉本來就沒有這種法律呢。」

有栖院答道。並且小口含入杯中的威士忌。

酒精刺激著口腔，藥味頓時充滿鼻腔。

這種酒確實不好入口。

實際上，這個品牌在喜愛威士忌的群眾當中，好惡分明也是相當極端。

「……說老實話，人家現在還是很不喜歡這種酒的味道。」

「那妳為什麼要喝呢？」

「因為感覺很像在品嘗回憶呢。而且我也很少喝**這支酒瓶**裡的酒。」

「哼嗯……不過我就沒有這種感覺，只是在喝難喝的酒而已。」

珠雫這麼說，下一秒卻是仰頭一口氣喝乾杯中的威士忌。

接著她露出痛苦萬分的神情。

「……我果然還是喝不了。喉嚨好痛，嘴巴裡都是藥味，連頭都開始痛起來了。」

「妳也不需要勉強自己喝啊……」

「沒關係，今天比較特別。」

珠雫一面用手指輕輕摩擦喉嚨，一面答道。

特別——珠雫從方才開始便一直重複這個詞。

今天到底有什麼特別的？有栖院實在很在意，便開口詢問：

「妳剛才也提過，特別的日子是什麼意思呢？妳今天碰到什麼好事了嗎？」

而珠雫卻是搖了搖頭。

「不是我，是艾莉絲。對妳來說，今天是個特別的日子對吧。」

（…………咦？）

珠雫的話語令有栖院的心臟怦然一跳。

的確，今天對有栖院來說，是與珠雫共度的最後一夜。

當黑夜過去，陽光再次落下之時，他將會以「曉學園」的成員之名自稱。

珠雫應該不知道這件事，但是──

「……妳為什麼會這麼想？」

有栖院驚訝地回問。珠雫則這麼答道：

「因為艾莉絲是第一次主動邀我喝酒。」

（第一次……？）

「這並不是第一次喔？一輝與〈獵人〉一戰過後，我們一起去喝過酒不是嗎？」

「那是妳**關心哥哥被搶走的我**……包括我在內，艾莉絲根本不曾**為了自己**主動接觸他人。妳對誰都很親切，彷彿家人一樣，平易近人──但卻從不讓他人過分親近自己。」

「──────」

有栖院不自覺地屏息。

正如珠雫所說，有栖院是有意識地**這樣**對人處事。

不論對象是誰，他都是帶著好意，非常友好，卻也不曾對誰敞開心胸。

不讓任何人過分親近自己。

因為他是身懷陰謀，才潛入「破軍」。

他沒打算讓任何人發現自己是故意這麼對待他人。

但是珠雫卻察覺到了。

有棲院真的非常訝異。

「……人家嚇了一跳呢。珠雫，妳真的很會觀察人。」

但是珠雫卻理所當然地──

「這是當然的。艾莉絲是我的姊姊啊。」

那張有如陶瓷娃娃般令人憐愛的臉蛋浮起淡淡的笑容，這麼回答道。

「而這樣的艾莉絲第一次主動邀請我呢。我雖然不知道今天是什麼日子，可是對妳來說一定是某個特別的日子吧？所以我至少要陪妳喝一杯──不過真的只有一杯而已喔。」

下次希望妳能準備我也能喝的酒。

珠雫說完，彷彿有些鬧彆扭似地嘟起嘴脣。

而有棲院見到她如此可愛的表情，不禁莞爾一笑。

「呵呵，一杯就夠了……謝謝妳，珠雫。」

◆◇◆◇◆

她或許是原本就累積了疲勞。

珠雫一口氣喝下剛開始的那杯酒之後，便坐在沙發上搖頭晃腦。

沒過多久她就完全睡著了。

（之前去酒吧喝酒的時候，她最後也睡著了呢。）

看來她的體質是喝了酒就會想睡。

有栖院這麼想著，並且以公主抱的姿勢抱起珠雫。

雖然現在還是夏天，就算睡在沙發上也不一定會感冒，但是讓她就這樣睡沙發也有些邋遢。

於是有栖院便打算將珠雫搬到床上。

「……嗯唔…………哥哥…………」

而途中，懷中的珠雫翻了翻身，彷彿撒嬌似地呢喃著。

「呵呵，她是做了什麼好夢嗎？」

「你讓開……我不會殺掉他的…………姆姆……」

「她、她到底是做了什麼夢……」

有栖院頓時臉色發青。不過他還是將珠雫搬到床邊，並且小心翼翼地不吵醒她，悄悄放下她的身軀。

最後為她蓋上被子。

接著珠雫似乎是感到很舒適，緩緩綻開笑容，並在被窩中縮起身軀。

「這睡臉真可愛……」

有栖院注視著珠雫惹人疼惜的睡臉，並且走到自己相鄰不遠的床邊坐下。

並且——回想起珠雫方才的話語。

「姊姊啊……」

有栖院低聲說道，並且望向兩人方才坐著的沙發。

他的視線聚焦在桌上的……那支標籤破舊的綠色酒瓶。

然後……他在酒精帶來的淡淡朦朧感之中回想著。

環繞在那支酒瓶周遭的……老舊回憶。

當他被〈解放軍〉撿到，成為殺手之前。

在那異國之地上，他與名為尤利的少女一起養育年幼的流浪兒童們。而這些孩子們也稱呼他為「姊姊」，景仰著他——直到最後的那一天。

※　※　※

他永遠不會忘記。

那一天的早晨，鎮上下著雨。

那是並未結成冰雪的冰雨，卻比雪花還要凍人。

艾莉絲撐著塑膠傘站在冰雨之中，面對一名高大男子。

男子是當地黑手黨的人，負責收帳。

艾莉絲完成黑手黨交付的工作後，必須先將金錢交給這個男人，他抽走保護費跟手續費之後，最後剩下的才是艾莉絲能得的份。

但這傢伙可是黑手黨的小弟。

他可沒正當到哪裡去，更不會遵守約定。

「…………拿去。」

他手上的錢比約好的數量還要少上不少。

「我們約好是兩成──唔！」

艾莉絲的抱怨瞬間中斷，因為男人往艾莉絲的臉吐了口口水。

「臭小鬼，少得意了。我們讓你在我們的地盤上工作就不錯啦！」

男人用看垃圾的眼神這麼說完，便轉身離去。

艾莉絲眼看男人的背影消失後──

「咧──」

朝著他吐了吐舌頭。

（他的出身明明跟我們差不多。）

艾莉絲用袖子擦掉臉上的口水，並且拍掉角落的積雪。

那裡藏著用粉紅色的布包起來的保鮮盒。

「搞不好有點冷掉了呢。」

盒裡裝了客人好心送給他的肉派。

要是讓那個男人看到這種東西，肯定會被搶走，所以他老早就把它藏起來了。

「很久沒吃肉了，大家一定會很開心呢。」

（也要分給修女。啊，不過她好像說今天有神的聚會，去了隔壁鎮的樣子。）

艾莉絲一邊思考著，一邊快步趕路回去。

他想趕快看到大家開心的樣子。

但是——

「…………咦？」

艾莉絲一回到住處，便發現教會裡的雜物間被人踢破大門，門板呈現半壞狀態。

艾莉絲看慣鬧事的情景，於是當他一見到這個場面，立刻察覺發生了什麼事。

有某個帶著敵意的人物襲擊這裡。

「……大、大家——!!」

艾莉絲發出慘叫，立刻拋下手上的東西衝向雜物間。

但是裡頭一個人都沒有。

現在還是早上。

妹妹們不會在這個時間起床。

可是裡頭不見妹妹們的身影，只剩下她們用過的髒毛毯。

（到底出了什麼事!?大家去哪了……）

艾莉絲拎起毛毯，就在此時。

他見到毛毯下的東西，頓時倒吸一口氣。

那是血跡。

而且是鮮血，幾乎還沒乾。

仔細一看，鮮血還滴滴答答地延續到外頭，血跡的方向是大街上。

那的確是血跡。雖然血跡被雨水沖刷，顏色變得相當稀薄，要不是艾莉絲見到這番異狀，他或許根本不會發覺。

艾莉絲急忙追著血跡飛奔出門，途中還絆了幾下。

他有不好的預感，而且是非常糟糕的那種。

背上滲出冷汗。

有血跡，就代表有某個人受傷了。

該不會是同伴中的某個人？

（不會、不會有這種事…………！）

他低聲碎念著。但他沒有任何根據，只是拚了命說服自己。

不過，現實是殘酷的。

艾莉絲跟隨血跡，來到教會前的街道上——這和艾莉絲工作歸來的路線方向完全相反——他走上街道，並且見到了那個畫面。

（——啊……）

紅髮少女腹部染上鮮血，癱軟地倚靠在路旁的磚牆邊——

「尤、尤利——！」

艾莉絲呼喊著尤利的名字，急忙奔向她身邊。

尤利坐倒在路旁，對艾莉絲的喊叫起了反應。

「…………啊……」

尤利緩緩睜開緊閉的雙眼，注視著趕來的艾莉絲。

「……啊……太、好了……艾莉絲、你、沒事……啊。」

「妳怎麼了！到、到底出了什麼事!?」

尤利的痛楚與悲憤兩種感情交雜，扭曲了她的表情。

「……不、知道。謝爾蓋、那裡的傢伙……忽然、跑來攻擊、我們…………說、什麼大掃除……混蛋……大家、都被他們、帶走了……我、真沒用……」

「是黑手黨嗎!?為、為什麼……！我們都繳了保護費還……！」

「不、知道、咳！咳咳……呼、呃！」

尤利使勁地咳嗽，她咳出的鮮血灑向凍結的路面。

「尤利！總、總之妳先別說話！」

再讓她說下去，情況會更糟。

總之得先讓她看醫生。

幸好這條路多少還有人經過，路人也都察覺了她的異狀。

「抱歉！有誰、有誰能請醫生過來！」

因此艾莉絲揚聲拜託道。

但是——

「…………」

在這瞬間，原本周遭的路人還在遠遠觀察艾莉絲他們的狀況，此時卻忽然全體移開視線。

並且每個人都急忙離開現場。

彷彿他們聽不見艾莉絲的聲音。

（咦……為、為什麼啊……）

「拜、拜託你們！至少讓我們借用一下電話！人家會付錢的！」

艾莉絲再次開口請託，但是沒有一個人願意理會他。

那些人原本還站得遠遠的，興味盎然地觀察那名渾身染血的少女，但當艾莉絲一向他們開口，一個跑得比一個還快。

他們全部都只顧著遠離麻煩事。

艾莉絲見到這異常冷漠的反應，簡直懷疑自己的眼睛。

（為什麼……尤利都流了、這麼多血，為什麼都沒有人…………）

「喂！你們有聽見對吧！人家的同伴快死了啊！」

「沒用、的……」

艾莉絲悲痛地吶喊著，尤利則是死命擠出聲音對他說：

「沒、有人……會來幫我們的。根本不會有人會、幫助流浪兒童（我們）…………你也、很清楚吧。」

「…………！」

尤利的話語。

艾莉絲當然很清楚。

因為艾莉絲他們只是沒有錢，甚至無家可歸的棄民。

那些人就算幫助他們，也得不到任何好處。

那些大人們非常了解這點。

「可是、我們不一樣，對吧？」

「咦……？」

「我們、和那些傢伙、不一樣……我們是『帥氣的大人』……！對、吧？」

艾莉絲聽見這句話，瞪大了雙眼。

「帥氣的大人」——這個詞裡包含兩人的誓言與自律。

艾莉絲與尤利第一次握起對方手掌的那一天。

兩人對著**那杯酒**起誓。

他們要拋棄那種自私自利、卑微到不行的生活方式。

他們要去幫助他人、珍惜他人，要成為這樣「帥氣的大人」。

可是——

「……沒錯。妳說得對！可是為什麼現在提起這件事？」

但是尤利沒有回答艾莉絲。

她只是靜靜地注視艾莉絲——

「那麼、你要救、他們……救救、那些、孩子……」

她的話語……彷彿是將一切託付給艾莉絲。

艾莉絲聞言，感受到難以形容的不安。他抓住尤利的肩膀：

「妳、妳別說傻話了！振作點！這種事、只靠人家一個人怎麼辦得到！人家可是輸給尤利了啊！」

「……哈哈、咳咳……你、說謊。我跟你認識多久了……我當然、知道……你、每次都……手下留情……故意、不殺我……」

「——」

「如果靠你、的力量……你一定、可以保護、那些孩子……所以……」

「不要再說了！人家不想聽妳的遺言！」

艾莉絲淚流滿面地怒吼著，聲音有如悲鳴一般。

但尤利只能用那雙空洞的雙瞳注視著艾莉絲——

「…………拜託、你了…………艾莉絲……」

最後，尤利彷彿入睡一般，閉上了雙眼。

而在這一瞬間，她的身體也失去所有的力氣。

「…………尤、利？」

艾莉絲一邊呼喚著她，一邊搖晃她的肩膀。

「等、等等，妳回話啊……」

但是，她沒有動靜。

她沒有醒來。

「……尤利，妳這樣不行啊。怎麼能傻傻坐在這種地方……我們不是約好要一起去南方嗎……我們才剛約好耶…………」

艾莉絲淚如雨下，不斷地對尤利說道。

尤利依舊沒有回應。

這是當然的。艾莉絲其實心知肚明。

…………尤利已經不會再次醒過來了。

對艾莉絲來說，這也不是第一次了。這不是什麼稀奇事。

在這個鎮上，這種事是家常便飯。

但是他不想承認。

他想守護的地方，竟然會這麼突然、這麼簡單就毀壞了。

他不想接受。

這個現實——實在太痛苦了。

不過時間並不會因此停止流逝，也不可能獨留艾莉絲一人。

「哦、他在耶。大哥，艾莉絲那傢伙回來了。」

「好，抓住他，小心別傷到他的臉，那傢伙一個人就能賺那些小鬼二十人份的錢哪。」

「——————」

艾莉絲身後傳來粗魯的嗓音以及複數的腳步聲。

艾莉絲轉頭看去。那些人是當地黑手黨的成員，他們曾和艾莉絲來往，但是現在卻手持槍械、靈裝，漸漸逼近艾莉絲。

他們一轉眼就包圍住艾莉絲，並將手上的武器對準他。

艾莉絲的眼瞳彷彿失去了光彩，毫無感情地注視著包圍自己的大人們……質問道：

「……為什麼要做這種事？我們明明付過錢了。」

「嘿嘿，沒辦法，這也算是公共工程嘛。有個大人物付了筆錢，請我們把城鎮打掃乾淨。跟那些錢相比，你們這些小鬼偷拐搶騙一點一點賺來的錢，就跟紙屑差不多啊。而且把你們抓去賣了，還有點多餘的賺頭咧。這下我們只能要你一把啦。」

「放棄吧，大人世界的規則就是弱肉強食。你可別掙扎啊？你應該也不想像倒在那邊的蠢蛋一樣，死得跟垃圾差不多吧？」

黑手黨的其中一人這麼說完，便伸出手來。

他打算抓起艾莉絲的頭髮，拖走他。

艾莉絲直盯著那隻逐漸逼近的手掌，這麼想著。

（弱肉強食——啊，原來如此。）

他們不愧是比自己多活了不少歲數。

他們說的話很正確。

若不是這樣，根本不會發生這場悲劇。

錯的不是世界。

這並不是什麼不講理又荒唐的事。

「帥氣的大人」——

自己才是錯了，竟然被這種空泛的理想牽著鼻子走。

艾莉絲終於理解了。

真的。

他已經深深了解了。

所以——

——就讓人家奪走你們的全部吧。

於是，逼近的手掌抓住了艾莉絲的頭髮，就在同時——

「啊……」

熊熊怒火徹底染紅了艾莉絲的視野。

「啊啊啊啊啊啊啊啊啊啊啊啊啊啊啊啊啊啊啊啊啊啊啊啊啊啊啊啊啊啊啊——!!」

然後——

一切都在轉瞬之間結束了。

「——」

當艾莉絲的視野恢復原本的顏色時……他身處在黑手黨的根據地。

房間內彷彿被潑了一桶又一桶的紅色油漆。

低頭一看，這似乎是人類的殘骸，但這殘骸早已失去人形，只剩下一塊塊的肉塊。

內臟散落一地，還隱約飄著熱氣。艾莉絲就站立在其中，渾身染血。

而視野的色彩回復後，艾莉絲第一眼所見的場景。

在房間的一角。

弟妹們就在那裡，渾身發抖，牙齒打顫。

「咿、咿咿……」

「拜託、拜託你……不、不要……不要殺我……」

「啊啊、啊、啊啊啊……」

弟弟們、妹妹們的眼瞳，筆直注視著艾莉絲。

他們的眼瞳極度汙濁，混雜著恐怖與絕望。

他們以往投向自己的，那樣尊敬的眼神已經消失無蹤。

他們臉上，再也看不到那溫暖心靈的微笑。

艾莉絲見到妹妹們的表情，他可以肯定。

自己守護了他們。

而同時在這個瞬間——自己失去了他們。

※　※　※

艾莉絲回過神來，才發現自己獨自走在雨中的城鎮裡，連傘都沒有撐。

他並沒有目的地。

只是單純地有如幽魂般四處徘徊。

冰雨早已淋得他全身溼透，從頭頂到腳尖沒有一處是乾的。不過他根本不在意。

反正他早已被敵人的血噴得全身溼，事到如今也沒必要在意。

偶爾會有路人與他擦身而過，見到艾莉絲的身影，忽然一瞬間瞪大雙眼之後，馬上就轉開視線快步離去。

就算孤兒渾身染血、瀕臨死亡，跟他們的生活也沒有太大的關係。

艾莉絲的心中甚至起不了憤怒。

悔恨、悲傷，什麼都沒有。

所有的情感彷彿伴隨早已流盡的淚滴，一起消逝而去。

但是艾莉絲覺得，這樣就夠了。

——不然他會想起來。

想起好友在自己懷中漸漸冰冷，以及她的最後一面。

想起弟妹們看著自己的神情，是那樣的恐懼。

想起失去的痛楚。想起自己已經失去最愛的人，也失去了愛著自己的人。

既然會感受到如此的心痛，不如失去情感還比較好。

就在此時。

「沒想到我竟然會被小孩搶先一步啊。」

彷彿幽靈般四處遊蕩的艾莉絲身後，忽然傳來一道說話聲。

艾莉絲無力又緩慢地轉過身，以那雙汙濁的眼眸望向背後。

一名身著漆黑法衣的中年紳士正注視著自己。

他的表情，以及周遭的氛圍。

艾莉絲長年過著打打殺殺的生活，一眼就察覺了。

——這男人絕對不是什麼正經的人物。

而且比自己剛才殺掉的黑手黨還要更加惡質許多。

但是艾莉絲感受不到恐懼。

就連恐懼的情感，都已經隨著眼淚流逝了。

所以他毫不畏懼地開口問道：

「……你是誰？」

「我只是個被你搶走獵物的三流殺手罷了。」

中年男子這麼答道。他說是市長委託他清掃當地的黑手黨。

多麼諷刺。

那些傢伙把艾莉絲等人當成垃圾看待，打算將他們一掃而空。誰知道別人也打算用同樣的手法掃除他們。

（真是愚蠢到不行。）

艾莉絲彎起脣角譏笑著，並且再次詢問。

這名殺手為何要來到自己面前？

「……所以？你要來跟人家抱怨嗎？」

中年男子聞言，則是這麼答道：

「怎麼會？你可是幫我完成工作，我是來付你薪水的，拿去吧。」

男子從法衣中取出一個球狀物，讓它滾到艾莉絲腳下。

滾啊滾的。

而最後滾過來的……是一個老人的首級。

他是這個城鎮的市長，也就是說，是這個男人下令清掃艾莉絲等人。

艾莉絲見到這顆頭，沒有絲毫驚嚇動搖——

「……這禮物還真合人家的意。」

接著艾莉絲便毫不猶豫地踩碎那顆首級。

然後——

「呵呵呵……啊哈哈哈……」

打從心底笑了出來。

（——這到底是什麼世界啊？）

黑手黨殺了尤利，而市長本來就打算殺掉那些黑手黨，最後這名自稱殺手的男人又殺了市長。

艾莉絲能夠肯定。

他原本以為「地獄」是死後才要去的地方，沒想到他是大錯特錯了。

如果他現在不是身處於「地獄」之中，那到底哪裡才是「地獄」？

他竟然想在這樣的世界裡守護什麼、愛惜什麼——實在愚蠢到極點了。

（我們看起來實在是多麼滑稽啊。）

「你現在的感受是正確的。」

艾莉絲以乾涸的嗓音放聲大笑。而中年男子忽然開口對他說：

「愛情、金錢、道德——這個世界充斥著虛偽。

各式各樣的謊言、藉口、汙濁，掩蓋住世界的真實。

本來這個世界所存在的規則，就只有一個。

強者將會奪走一切，弱者將會失去所有。

越是優秀的存在，越是忠於自我。這才是這個世界絕對且唯一的定律。

你察覺到這點。所以你有資格成為吾等的同志。

吾等名為〈解放軍〉，將會為這個充斥謊言的世界帶來真實。

——你這殺人的才能，能助吾等一臂之力。隨我來吧，小鬼。」

這是邀請。男人準備邀請他，來到比現在這個場所更加深邃、更加黑暗的世界。

艾莉絲聞言，則是回問道：

「如果人家說不要呢？」

「我說過，強者將會奪走一切，這才是世界的真實。就算你不打算點頭，我也會以力量讓你服從。」

中年男子的身體忽然迸發出殺氣。

不過艾莉絲只是有如舒適的微風吹拂似的，正面承受這道殺氣。

對艾莉絲而言，區區暴力根本稱不上威脅。

暴力即是奪取，而他早就沒有值得失去的東西了。

不過——

「呵呵呵，原來如此。還真是好懂啊……」

艾莉絲早就一無所有，反而讓他對這個邀請感興趣。

「沒關係啊。反正人家早就沒有回去的地方，也沒有需要守護的東西了……所以，只要你願意接受這個條件，人家就跟你走。」

「什麼條件？」

「一億——你只要給人家這麼多，人家就願意為你們工作。」

艾莉絲的條件是金錢。

而且還不是什麼小錢，金額相當龐大。

「竟然要我為了你一個毫無背景的小鬼準備一億元嗎……你還真是獅子大開口啊。」

理所當然的，中年男子嚴肅的神情變得更加險峻。

接著，他回問：

「……要是我拒絕了呢？」

而艾莉絲則是一陣嗤笑。

「這還需要人家說明嗎？」

他說，如果男子拒絕，那他只有強奪一途。

——艾莉絲桀驁不馴，又有如自暴自棄般的態度——

「……………嘻嘻嘻，你這小鬼真有趣。很好，就一億，我馬上準備現金。」

中年男子似乎相當中意他。

男子爽快答應艾莉絲提出的無理條件，再次問道：

「那麼小鬼，你叫什麼名字？」

「艾莉絲，大家都這麼稱呼人家。」

「吾名為〈十二使徒〉之一，〈獨腕劍聖〉華倫斯坦。歡迎你的加入，艾莉絲。」

華倫斯坦從法衣中伸出手，向艾莉絲要求握手。

而艾莉絲也予以回應——契約就此成立。

在那之後，艾莉絲立刻將收到的一億元全數託付給修女，做為弟妹們的養育費，之後便斷絕所有關係，離開了城鎮。

他一直以來都以名為道德、倫理的虛偽面具，壓抑住「殺戮」的才能。但到了最後，他選擇順從華倫斯坦的期望，為了〈解放軍〉充分地發揮這項才能。

以殺手〈黑影凶手〉之名——

這就是名為有栖院凪的男人，他的前半生。

◆◇◆◇◆

（這個故事真的很可笑呢。）

有栖院回顧了自己的前半生，不禁露出苦笑。

雖說只是為了臥底任務，這樣的自己竟然還要裝作他人的「姊姊」。

不過這場鬧劇也只到今天為止。

再過不久，他們之間充滿虛假的關係將會畫下終止符。

到那個時候，珠雫會用什麼眼神看著自己？

（——————）

有栖院想起當時妹妹們驚恐萬分的神情。

她們的眼眸中，充滿著對殺人凶手強烈的抗拒與嫌惡。

她一定不會原諒自己。

但有栖院也不會為此感到哀傷。

反正他只是為了任務，才建立這些關係。

〈深海魔女（Lorelei）〉，這名B級騎士被視為是破軍的重要選手。

要與她縮短距離，最有效率的方法就是裝作姊姊一樣地對待她。

就只是如此而已。

破軍學園壁報

角色介紹精選　　文編・日下部加加美

NENE SAIKYO

西京寧音

■PROFILE

隸屬：KOK・A 級聯盟

伐刀者等級：A

伐刀絶技：禁技・霸道天星

稱號：夜叉姫

人物簡介：破軍學園臨時教師

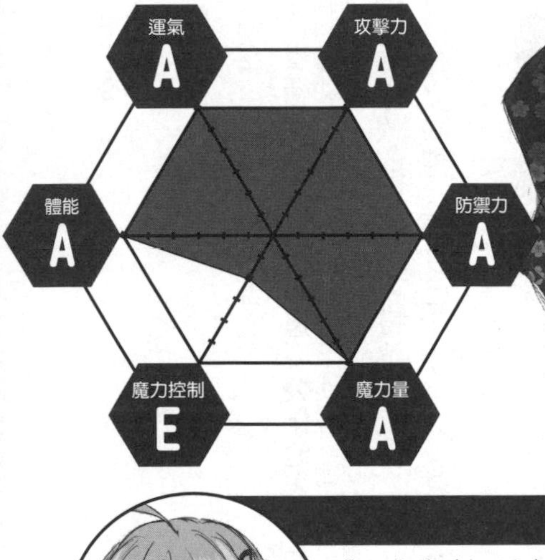

加加美鑑定！

第二位是〈夜叉姫〉西京老師！她不但是現役的KOK聯盟選手，更是世界排名第三名。她的消息不論於公於私都相當多采多姿，某種意義上也是相當受記者歡迎的人物。

她的靈裝為一對「鐵扇」，能力為操縱「重力」的自然干涉系能力。必殺技──〈霸道天星〉是以重力吸引存在於大氣層外的太空垃圾，使之以等同於第二宇宙速度*的急速墜落至敵人上方。此技的攻擊力在現存騎士所有的伐刀絕技中，稱得上數一數二的強力，是大招中的大招啊！由於這一招的破壞規模達到國家範圍，甚至能輕易超越核武，現在已經被特別列為「指定禁技」，沒有聯盟許可絕不能輕易使用。她的能力只用來打敗一個人，實在是太過強大了。而她在學生騎士時期，竟然在七星劍武祭決賽上對著新宮寺（舊姓：瀧澤）老師放出這種大招，當時可是嚇死一堆人了。也難怪那場決賽會強制判西京老師戰敗，要是新宮寺老師沒有擋下的話，現在日本列島已經多了個大洞了吧……

＊ 第二宇宙速度：此為在地球上發射的物體擺脫地球引力束縛，飛離地球所需的最小初始速度。速度每秒可達十一・二公里。

第三章 曉，進軍

共同強化集訓最終日的傍晚。

破軍學園教師——折木有里正為了即將歸來的集訓成員，拿著竹掃帚打掃正門門口。

此時，一名身穿運動裝的女學生上前打招呼。

「午安，折木老師。」

折木有里聞言，轉過身去，一名三年級的少女站在她眼前。不過有里並未與她有太多接觸，對她沒什麼印象。

折木曾經擔任這名學生的比賽監督。

折木從記憶深處挖掘出她的名字，也回以問候。

「哎呀——午安，綾辻同學，咳咳。」

「當時真是受您照顧了。」

絢瀨低下頭道謝。而道謝的主因，正是日前她與黑鐵一輝的那場選拔戰。

「老師什麼都沒做喔。一切都是因為有黑鐵同學努力幫忙。」

「要不是老師默許我犯規，為我製造這份契機，我可能依舊是止步不前啊。」

「那也是因為黑鐵同學事前來請我幫忙的關係、咳咳……綾辻同學也留守了呢。畢竟妳還要照顧父親……老師還以為妳暑假要回老家呢。」

「我也想陪爸爸一起做復健，卻被他趕出來了。說什麼我現在正值成長期，要我不能偷懶多修行，他可以自己照顧自己。」

「呵呵，真不愧是〈最後武士〉(Last Samurai)啊……」

「沒辦法，他也睡了整整兩年，這一覺醒來可是超級有精神。所以我也不能輸給爸爸。我剛剛才跑完步而已。」

「嗯，真有心，這樣很好。綾辻的另一位師父現在應該也在努力呢。」

折木抬頭望著北方晴朗的藍天，這麼說道。

絢瀨則是淡淡地答了句「說得也是。」便同樣抬頭仰望天空。

「黑鐵同學真的好厲害。他居然能在那種狀態下打倒那位學生會長。」

「對啊，老師也嚇了一跳呢。」

「雖然這只是傳聞，不過聽說在黑鐵同學的入學考試的時候，擔任他的考官的人是折木老師，這是真的嗎？」

「咳咳……嗯，是真的喔。」

「老師的眼光真準呢。」

© Won

單就資質來看，黑鐵一輝只是純粹的F級。

甚至過不了破軍最低的合格底線。

但既然一輝現在站在這裡，就代表折木眼光獨到。

絢瀨是這麼認為，才稱讚折木。

不過折木有些不好意思地搖了搖頭。

「不不，才沒這回事喔。其實我本來沒打算讓他過關。」

「真的嗎？」

折木點頭。

——竟然有人的資質可以低到這種程度。

當初折木第一次見到一輝的時候，只有這種印象而已，根本不打算讓一輝合格。不過形式上，她還是讓一輝自我推薦自己身為伐刀者的價值。

「結果，妳知道那孩子自我推薦的時候說了什麼嗎？」

「他說了什麼？」

「他說——『我可以贏過您。』」

一名尚未入學的小孩子。

他面對一名魔法騎士，竟然這麼說。就算折木只有C級，她仍然是正式的魔法騎士教師。

「我嚇得甚至懷疑自己是不是聽錯了。」

「……他、他真有自信。」

「咳咳……而且實際上他真的贏過我了，我只能讓他過關。不只是我，其他考官也是。」

「原來如此，還發生過這種事啊。」

絢瀨聽完一輝入學的經過，佩服地點了點頭。

一輝自己應該也很清楚。

只是普通地參加考試的話，自己根本不可能合格。

所以他才故意強勢地挑釁折木，製造機會展現自己的力量。

絢瀨是這麼認為的。一輝即使力量、才能再怎麼不足，他只要能在這些基礎上搭配其他的要素，不管任何困境都能找出一條活路。

這實在是很有一輝的風格──

他一路走來都是如此，今後同樣會保持自我繼續努力。

絢瀨想著一輝的身影，詢問折木：

「折木老師覺得黑鐵同學能成為七星劍王嗎？」

折木則是──

「……我和那孩子緣分不淺，這麼想多少有點偏心。我認為他有足夠的能力成為七星劍王…………不過──」

「不過？」

「……今年的七星劍武祭，如果光只是擁有『七星劍王等級』的實力，恐怕贏不到最後。」

折木給出有些悲觀的答案。

「這是因為黑鐵的哥哥，那名A級騎士也會出場的關係嗎？」

折木聞言，清了清嗓子之後點頭肯定絢瀨。

「這也是原因之一，不過在這之前……今年有太多**難以捉摸**的學生。幾乎每所學校都出現一名『無名的一年級』代表，我們甚至不清楚他們擁有什麼樣的能力。這些孩子擁有的神祕實力，或許會為今年的七星劍武祭帶來相當大的變數。」

「這樣啊，今年也出現史黛菈同學這樣的騎士，真是人才濟濟的一年呢。」

「…………」

絢瀨天真的發言，令折木稍稍垂下眼眸，不發一語。

人才濟濟，確實是如此。

一年級的代表選手每年頂多一、兩名。甚至很多時候連一個人都沒有，這種狀況並不稀奇。

而今年所有學校合計起來，竟然有十名一年級參賽。一想到這裡，今年的確是人才濟濟。

但是折木卻有個地方怎麼也想不通。

一年級就能入選代表當然好。

但是「無名」的比例有可能高到這種程度嗎？

（……讓人覺得他們彷彿一直是潛藏在某處呢。）

等到新宮寺理事長和西京兩人從大阪回來，再問問她們的想法好了。

正當折木沉浸於思考的同時。

「咦？折木老師，好像有很多人往這裡過來呢？」

絢瀨指向正門的方向，對折木說道。

折木聞言，便看向正門。

正門外頭的確有七道並排的人影，逐漸靠近破軍學園。

這所學園是全體住宿制，很難得才會出現這樣的場面。

而且現在還是暑假，像這樣一大群人一次來到學校，是相當稀奇的事。

更別說這七人之中，有兩人是跨坐在疑似獅子的巨大野獸身上，更為這個場面增添一絲珍奇。

折木瞇起眼，仔細觀察來者為何人──

「咦，那不是……」

接著她瞇起的雙眼瞬間瞪大。

她在那七人之中，見到以前廣為人知的面孔。

（武曲學園的A級騎士，黑鐵王馬……!?）

為什麼「武曲」的人會來到「破軍」？

折木的腦中萌生疑惑。

但這份疑惑立刻從折木腦中凋零。

她的視線中出現了更加異常的事物，她根本沒那個閒工夫在意這雞毛蒜皮的小事。

那就是除去王馬以外，其他人的面孔。

折木在今年發給教職員的七星劍武祭資料當中，曾經看過那些面孔。

（不只是王馬，「文曲」、「貪狼」、「廉貞」，還有其他學校的也……！）

那些人是各自代表七校參加今年七星劍武祭的代表選手。

折木方才感到可疑的那些「無名的一年級生」，如今全都列隊在此。

「————」

下個瞬間，難以言喻的惡寒襲向折木，彷彿頸部凍結了似的。

為什麼各校代表會聚集於此？

為什麼他們不但聚集於此，還朝著破軍前進？

為什麼自己心中充斥不好的預感？

而她最想問的是——為什麼他們手中都**顯現著自己的靈裝**!?

疑問在剎那間閃過折木的腦中——

「綾辻同學！快逃啊——!!」

下一秒——一切都開始了。

七人之中的其中一人，明明是夏天，卻全身包緊防寒裝束的少女——

「貪狼」代表——多多良幽衣忽然宛如疾風一般，快速逼近絢瀨。

接著她雙手握持電鋸形的固有靈裝，狠狠朝著絢瀨揮下！

「咦？」

這殺意來得如此凶猛且突然。

絢瀨反應不過來，只能呆站在原地。

發出低鳴的刀刃殘忍地揮下——

「哈啊啊！」

眼看鋸刀差一點就要砍下絢瀨的頭顱。折木在千鈞一髮之際，以軍刀形（Cutlass）固有靈裝彈開了鋸刀。

彈開的力道使得多多良的軀體一個不穩。

折木沒錯過這道破綻。

（總之必須先壓制她才行……）

雖然不知道她為什麼突然砍過來，這些事等她醒來再質問也不遲。

折木下了判斷後，手腕一轉，以最小的動作轉回刀刃。

保持在〈幻想型態〉的刀刃，瞄準了多多良的頸動脈。

只要斬斷那處，她就會失去意識。

折木以最小的動作擊出斬擊，絕不給對方任何機會閃避或抵擋。
就如同折木的目標，軍刀刀刃即將觸及多多良的頸動脈——
「〈完全反射〉（Total Reflect）。」
——在這剎那，多多良的雙唇描繪出扭曲的弧形，謎一般的衝擊將折木的斬擊反彈回去！

◆◇◆◇◆

傍晚時刻，朱紅色開始染紅了天空。
以一輝為團長的破軍七星劍武祭代表團，以及前來幫忙的珠雫和學生會一行人搭上巴士，結束了山形的長途旅程，終於回到破軍學園的近郊。
巴士裡頭感情好的人坐在一起，一邊吃零食，一邊談天說地，氣氛相當融洽。
不過其中只有史黛菈掛著失落的表情，垂頭喪氣。
「……唉～」
「史黛菈，打起精神來吧。」
即使坐在隔壁的一輝出聲安慰史黛菈，她仍然提不起精神。

「我很不甘心嘛……」

此時，兩名女學生上前向史黛菈搭話。

她們長得一模一樣，正是七星劍武祭代表的葉暮桔梗與葉暮牡丹。

「史黛菈，妳怎麼了？」

「公主殿下會暈車嗎？」

而一輝則是以手勢暗示兩人不需要太擔心。

「她只是因為沒辦法贏過東堂學姊，很不甘心而已。」

一輝告知兩人史黛菈沮喪的理由。

「妳好像跟她對戰了好幾次呢。順帶一提，戰績如何？」

「……三勝三敗。」

史黛菈主動低聲回答。

沒錯，史黛菈這次集訓的目標就是勝過〈雷切〉。

雖然她總算是打了個平手，但仍然不算完成這個目標。

史黛菈覺得這樣的自己實在是太丟臉了。

「不過對手可是學生會長耶，我覺得這樣的成果已經很足夠了說。」

「啊、史黛菈是A級騎士嘛。妳面對實力低於自己的騎士，還是想贏過她吧？」

「……我不覺得刀華學姊比我弱喔。」

史黛菈聽見桔梗的說法，再次補上一句。

她不認為刀華比她弱。

倒不如說是相反。

史黛菈認為現在的自己依舊遜於刀華。

所以——她才想在這場集訓中贏過她。

為了即將到來的七星劍武祭，讓自己保持自信出戰。

但是——最後史黛菈依舊無法如願。

「嗚唔唔唔唔唔唔！不甘心！我太不甘心了，根本坐不住嘛！早知道會這樣，我乾脆用跑的回來還比較好！」

「那實在不太可能啦……」

一輝只能苦笑連連。

當然，史黛菈也只是說說而已。

「……這時候只能吃點什麼來分心了。」

史黛菈從旅行包裡頭抓出三根士○架，垂頭喪氣地啃著。

葉暮姊妹見到史黛菈如此，不禁發出哀號。

「妳中午在休息站已經吃了拉麵跟烏龍麵各三碗了耶！妳還要吃啊!?」

「會發胖喔～」

史黛菈聞言，只是若無其事地——

「又沒關係，反正我怎麼吃也不會胖。」

這麼答了一句。

是的。史黛菈的大食量已經到了異於常人的地步，但不可思議的事，她的身材仍然凹凸有致，找不到一絲多餘的贅肉。

一輝的「眼睛」，在觀察人類身體方面可是特別有自信。但即使靠他的眼力，仍然看不出這是怎麼回事。

這根本是作弊。

但一輝倒是已經習慣了，只不過——

「嗄？」

對在這場集訓中剛認識不久的兩名高年級生來說，衝擊似乎相當大。

兩人的表情瞬間凝固——

「……牡丹。烏龍麵分別是豆皮、咖哩、炸蔬菜酥。拉麵則是醬油、味噌、豚骨。妳覺得午餐吃下這些東西之後再吃士○架，真的有可能不會胖嗎？」

「這是都市傳說吧。她的衣服底下肯定有三層小腹。」

「沒、沒禮貌！我才沒有小腹。只是我的體質好像是脂肪容易集中到胸部，出生到現在從來沒有累積過多餘的脂肪啦。」

史黛菈啃著超級油膩的甜食，同時回答兩人。而就在這瞬間——

身旁的一輝確實聽到「噗嘰」一聲，彷彿是某種東西斷掉的聲音。

「妳──說──謊──────────!!」

接著，葉暮姊妹兩人伴隨著吶喊，神情猶如惡鬼一般，怒氣衝天地襲向史黛菈。

「嗚哇!?」

兩人抓住史黛菈的肩膀，強行把她從巴士座椅上拖出來，然後兩人聯手將她壓在地板上。

「等、等等，妳們兩個要做什麼！」

「吵死了！我知道妳一定把贅肉藏起來了！給我老實招來！」

「我就說我的脂肪全都跑到胸部去了嘛！」

「哪有這種事！太不合理啦啊啊啊啊！」

「我絕對要找出來！」

兩人捲起史黛菈的上衣，開始在她的肌膚上大肆摸索。

史黛菈只能紅著臉大聲慘叫。

「等等、快住手！妳、妳們在摸哪裡啊！一輝，別愣在哪裡，快救我啊！」

「啊、嗯，我知道了！那個、兩位先冷靜點──」

當一輝正準備要介入的同時──

兩對有如野獸般充血的雙眸狠瞪著一輝──

「這可是女人的聖戰，絕對不能退讓！」

「男人給我去旁邊啃 POCKY 去！」

「呃，是，非常抱歉。」

「一輝————————！」

（她們很恐怖啊。）

雖然這個場面可能會演變成國際問題，但兩人的驚人魄力嚇得一輝只能站在原地，移開視線對她們睜一隻眼閉一隻眼。

而一輝身旁的座位因為史黛菈被拖走，成了空位，嬌小的銀髮少女便順勢坐到一輝身旁。

那是一輝的妹妹，黑鐵珠雫。

珠雫的翠綠眼瞳望向在地板上打鬧的三人，語帶揶揄地說道：

「要是日下部同學在這裡的話，肯定會欣喜地按下快門呢。」

「啊、哈哈……的確，她要是事後知道了，一定會很遺憾。」

一輝也贊同珠雫的說法。

日下部搞不好還會想親自加入摸索行列。

「聽說加加美同學一個人去了北海道？」

一輝詢問的對象是有栖院。有栖院坐在走道對面的窗邊座位。

而有栖院則是點頭回應。

「嗯，聽說『祿存』三天前就開始集訓，她一大早就出門前往採訪了。」

不過這當然是謊言。

實際上，有栖院綁住加加美的手腳之後，把她關在巨門集訓場裡頭一處人煙稀少的地方。

但現在也不存在任何可疑之處，會讓一輝質疑有栖院說謊——

「她跟我們一起回來不是比較好嗎？」

因此一輝毫不猶豫地相信有栖院的謊言。

而且不只是一輝。

珠雫也信了有栖院的謊話，有些傻眼，又有些佩服地嘆了口氣。

「日下部同學真勤勞呢，我倒是有點疲倦了。」

「辛苦妳了，幸好有珠雫在，妳幫了我不少忙啊。」

再生槽（Capsule）雖然很方便，但是使用前必須進行全身麻醉，對身體的負擔相當大。

只要有一名像珠雫這樣優秀的治癒術士，訓練的效率便會產生大幅的差異。

珠雫並不是代表選手，卻還陪伴一輝一行人到山形，幫忙治療一些較小的傷口。一輝開口慰勞珠雫。

珠雫對此則是，露出如花朵綻開般的可愛笑容。一輝以外的人是絕對看不到珠雫這樣的笑容。她回答：

「這都是為了哥哥啊。」

接著珠雫遞出手上的 POCKY 包裝盒——

「哥哥要吃嗎？」

「那給我一根吧。」

一輝不太喜歡甜食，不過妹妹開口推薦又是另當別論。

他的手伸向 POCKY 的包裝盒，打算從袋中抽出一根。

不過——一輝的指頭正要碰到 POCKY 時，珠雫忽然一把搶過那盒富含特徵的紅色紙盒。

（咦？）

一輝滿臉困惑。

另一方面，珠雫則是裝作若無其事地取出一支 POCKY，以粉色蓓蕾般的紅唇輕輕含住之後，面向一輝，彷彿要向一輝索吻似地推了推口中的 POCKY。

「嗯～」

「妳、妳是要我做什麼!?」

突如其來的攻擊令一輝動搖不已。

不過他的戀人見到這個場面，可不會悶不吭聲。

「喂、等一下！珠雫，妳是打算讓一輝做什麼啊！」

「嗚哇！」「呀啊！」

史黛菈彷彿到剛才為止的壓制都是騙人般，輕易甩開葉暮姊妹，怒氣沖沖地衝到珠雫面前。

「性騷擾，那又怎樣？」

「不要光明正大地說！不要這麼厚臉皮！妳都不覺得丟臉嗎!?」

「妳這副德行沒資格說我丟臉。」

「咦？」

珠雫的食指指著史黛菈，史黛菈這才低頭一看自己的慘狀。

接著頓時語塞。

葉暮姊妹兩人狠狠摸索了史黛菈的全身，讓她的制服胸口大開，甚至都看到胸罩了，裙子也幾乎被拉了下來。

「呀、呀啊啊啊啊——!!」

史黛菈短暫沉默過後，下一秒。

狀況衝擊過大，史黛菈一瞬間思考當機，而當意識追上現實後，她的臉紅得簡直噴出火來，並且當場蹲下遮掩。

泡沫遠遠望著史黛菈的身影，低聲說道：

「……那個樣子看起來簡直像是被強暴過一樣，讓人看了會很興奮啊。」

「小——沫——回學校之後給我做好覺悟啊。」

「咿咿！太多嘴了！彼方救救我！」

「自己嘴巴太大，可沒人救得了你呢。」

不過史黛菈也是女中豪傑。

這種程度的驚嚇，她才不會因此退縮。

史黛菈立刻整理儀容，再次上前逼問珠雫。

「珠雫不是已經承認我跟一輝的事了嗎？」

「妳指的是兩位交往的事嗎？」

「對啦！」

「我當然承認了。」

「那、那妳就不要做這種事啦！」

史黛菈揚聲抱怨著。

不過珠雫對此則是——「哈」地用鼻子發出嗤笑。

「唉唉，我還以為妳想說什麼，妳可別想得太美了。」

「什、什麼意思!?」

「我的確承認史黛菈同學是哥哥的『戀人』。不過我也只讓給史黛菈同學**唯一一個**權利而已。我還是能以『妹妹』的身分仰慕哥哥，像個『母親』一樣關心哥哥，像個『朋友』一樣敬愛哥哥，還能以『愛人』的身分與哥哥相愛啊。」

「那個，珠雫，最後好像混了什麼我沒印象的東西進去了。」

一輝的抗議被珠雫漂亮地完全無視。

珠雫在史黛菈眼前舉起四支手指，肯定地說道：

「也就是說，我對哥哥的愛比妳多了四倍！這就是事實，毫無爭論的餘地，懂了嗎？」

「誰會懂啊——！」

史黛菈的反應也是可想而知。

強詞奪理也該有個限度。

「廢話少說，快離開一輝身旁！那裡是我的位子！」

「恕我鄭重拒絕！」

史黛菈忍無可忍，終於打算強行把珠雫拉開，但珠雫卻緊緊抱著一輝，拒絕放手。

而事已至此，一輝也沒辦法視而不見，只能對史黛菈說道：

「算、算了啦，史黛菈。別在車子裡面打鬧，很危險的。」

「可是…………」

「反正馬上就要到學園了，回程巴士的座位就保持這樣也沒關係吧。」

一輝說完，便透過巴士的窗戶注視著飛逝而去的景色。

巴士已經離開市區，進入山路，窗外盡是熟悉的樹林與柏油路。

這是一輝和史黛菈每天早上必經的慢跑路線。

車子來到這裡，就代表破軍學園已經近在眼前了。

「姆唔……沒辦法。你回去可要好好補償我喔！」

反正再過幾分鐘就要抵達破軍學園，也沒必要和珠雫爭這幾分鐘。因此史黛菈讓步了——就在此時。

巴士忽然緊急煞車！

「呀啊啊！」

「嗚哇啊啊啊！」

巴士突然失去動力，反作用力使得車內所有人都向前倒去。

到底發生什麼事了？

「碎城同學！怎麼了？」

最先動作的是學生會長東堂刀華。

她立刻站起身，奔往負責開車的碎城身旁。

碎城原本並不常將情緒表現在臉上——但現在他竟然難得地滿臉發青，直視著擋風玻璃外頭。

「你該不會是輾到什麼了!?」

「不……並非、如此，但…………」

碎城緩慢地舉起顫抖的手指，指向擋風玻璃外的景象。

而稍後趕到的一輝一行人順著指頭的方向一看——

「那一方……是否為學園所在之處？」

顫抖的指尖指向的前方。

那片血紅色的晚霞——升起了冉冉黑煙。

那個方向，正好是破軍學園校舍的所在處。

一行人見到這片光景，全都啞口無言，驚愕地瞪大雙眼。

唯有一人——

「…………」

並未打算從座位上起身的有栖院除外。

◆◇◆◇◆

載著一輝一行人的巴士橫衝直撞地穿過破軍學園的正門，輪胎一陣打滑後停了下來。

同時一輝等人從車門、車窗飛奔而出，目睹了這片慘狀。

「這……太過分了……」

校舍各處竄出火苗，冒出濃煙。

地面鋪設的柏油路面大大龜裂、破碎，彷彿曾經遭受轟炸似的。

同時，留守的學生與教師倒在荒廢的校園各處。

這不是單純的火災，是戰鬥的痕跡。

「一輝！看那裡！」

史黛菈吶喊道，並且舉起手指。

一輝看向史黛菈指引的方向，而那裡——

「折木老師還有……綾辻學姊!?」

出現了兩名熟悉的女性。

不知是否兩人都失去意識，她們倒在地上，一動也不動。

一輝等人立刻奔向兩人身旁，抱起她們的身軀。

「綾辻學姊！振作點！」

「…………」

「不行啊。史黛菈，妳那邊呢？」

「她也沒反應……不過沒有受傷，只是昏倒而已。」

的確。

兩人身上都沒有外傷。

但是衣服卻有撕裂過的痕跡或切口。

這或許是——

「被〈幻想型態〉擊傷的……？」

「各位——先生——各位——女士————————!!」

「——!?」

忽然憑空傳來一道輕浮、滑稽的嗓音。

聲音的源頭，是上方。一輝等人一起抬頭仰望，並且見到了他。

熊熊燃起的校舍屋頂上，站著一名小丑裝束、高大削瘦的男人。

「破軍學園代表團的各位，長途跋涉歸來，真是辛苦了！我們已恭候多時！」

「小丑（pierrot）……!?」

眾人見到那身怪裡怪氣，彷彿小偷般的裝束，紛紛面露困惑。

但是其中一輝與刀華——

「不，他是——」

對男人的外貌有印象。

他曾經出現在今年七星劍武祭的出場者一覽表上。

「你是『文曲學園』的平賀玲泉同學沒錯吧？」

刀華神情險峻地問道。

小丑抹得鮮豔的紅唇高興地彎起。

「哎呀，妳知道我嗎？堂堂〈雷切〉竟然能記得我的名字，真是無上光榮。嘻嘻嘻，如何？妳見到這個舞台，有沒有嚇了一大跳？」

「這一切的元凶就是你嗎？」

小丑誇張地用力搖頭。

「不、不不不，不是『我』喔。」

下個瞬間——〈小丑〉平賀玲泉竟然從十公尺高的校舍屋頂上一舉跳下。

不過，跳下來的不只是平賀一人。

緊接在他的身後，一個又一個的人影一躍而下——

「!?」

所有人同時降落在一輝等人面前。

身穿和服的男人，手持超長大太刀。

一名女子赤裸上身，只著一條圍裙，看起來相當奇特。

戴著眼罩的少女與身穿女僕裝的女性，跨坐在渾身毛色漆黑的獅子背上。

其他三名人士，包含平賀在內的七名成員並列佇立在一輝一行人面前。他們的個個奇裝異服，神貌獨特，但所有人都帶著一股詭異的光彩，彷彿蘊含著比外貌更加異常的惡兆。

平賀指著身旁等人以及自己，回答刀華的提問：

「不是只有我，而是**我們『曉學園』**。」

曉學園，也就是潛伏在陰影下蠢蠢欲動的第八所學校。這就是這個勢力第一次正式自報家門的瞬間。

冠以北斗七星之名的七所學校——彷彿是為了挑釁這七所學校，才取名為

「曉」。

一輝等人只能目瞪口呆地注視著眼前的賊人們。

他們會嚇傻也是理所當然的事。

這些人每個人都是代表「破軍」以外的學園，參加七星劍武祭的代表選手。

而一輝和珠雫特別驚訝的是，自己的大哥・黑鐵王馬竟然也身在其中。

不、不只是他的哥哥。

「啊、是你！我們在『巨門』集訓場碰見的那個……」

「啊哈哈，我們又見面了呢。史黛菈，還有一輝，我竟然能這麼快又見到你，真是太開心了。」

前幾天一輝與史黛菈見過的天音，也出現在自稱曉學園的七名成員之中。

「一輝感受到的壞預兆，指的就是這件事啊。」

史黛菈想到之前一輝從天音身上感受到的厭惡感，恍然大悟地低語著。

不過——身旁的一輝卻另有想法。

（真的是這樣嗎？）

那時感受到的「凶兆」暗示著這起災難。

但真的只有這樣而已嗎？

不過一輝現在並沒有深究這份疑惑。

現在的狀況不適合思考那種事。他抬起頭——

「『巨門』和『祿存』、『文曲』以及『武曲』——除去『破軍』以外，所有學校的代表選手來到這裡，到底想幹什麼？希望你能給我一個合理的解釋，大哥。」

對敵陣中與自己最有淵源的人物提出疑問。

「這到底是怎麼一回事？我從來沒聽過有『曉』這所學校——」

不過——

「閉嘴。」

一輝得到的不是回應，而是彷彿在驅趕蒼蠅一般，冰冷無比的話語。

「我和你們（黑鐵）早就斷絕關係了，別叫得那麼親熱。」

王馬面對親生弟弟、親生妹妹，甚至連看一眼都嫌多。

他的視線聚焦在唯一一點——他只注視著站在一輝身旁的史黛菈。

（…………）

史黛菈從視線中確實感受到了。

（這個男人——絕對不簡單。）

她光是感受到視線，肌膚彷彿電流竄過般刺痛。

並排在眼前的這七個人。

每個人身上都散發出超越常人的霸氣，而且彼此不分上下。

而〈烈風劍帝〉黑鐵王馬在那其中，又顯得特別**出類拔萃**。

他與身旁的那些人相比，不論是空氣中的壓迫感，渾身散發出的存在感，都高人一等。

（不會錯的……這些人當中，這傢伙絕對是特別強大。）

史黛菈在心中肯定了這個事實後——更是頑強地回瞪王馬。

不只是史黛菈，在場的其他人也是如此。

雙方之間的緊張一點一滴地升溫。

在這樣的氣氛當中，王馬直到最後仍然沒有給出像樣的答案，平賀便代替他回應一輝：

「為什麼我們要這麼做？『曉學園』究竟是什麼？令弟的疑問問得恰到好處呢——那麼就由我來告訴你吧。這也沒什麼，答案很簡單。我們學園是在沒有取得〈騎士聯盟〉許可的情況下設立的新學校。就算學生們都擁有七星劍武祭的出賽權，營運委員會也不會認同我們參賽。因此我們必須讓他們認同。我們要用顯而易見的方式來證明，這場『決定日本最強騎士的祭典』要是沒有我們的參與，根本毫無意義。」

「原來如此，也就是說毀滅『破軍』就是你們所謂的『證明』嗎？你們想代替『破軍』成為七星劍武祭的第七所參賽學校。」

「不愧是〈雷切〉，理解得很快呢。就是這麼回事。」

「……你們以為這種毫無章法的做法行得通嗎？」

「營運委員會並非愚蠢之徒，想必下場只有禁賽處分。」

而且曉學園做到這種地步，首先這個國家的法律就不會對他們善罷干休。

刀華與碎城這麼指責。但平賀依舊無畏地笑著。

「——嘻嘻，這也不一定呢。我們一**定會出賽七星劍武祭**。

倒不如說是營運委員會，以及構成其母體的〈騎士聯盟〉非得承認我們『曉學園』不可。

你們想想看。

『破軍』是一所歷史悠久的名校，而我們輕易地毀掉這所學校了。要是他們拒絕我們的挑戰，等於是縮著尾巴逃走。

〈騎士聯盟〉控管旗下各國的伐刀者教育，這可是事關〈騎士聯盟〉的信譽，因此他們絕對不能允許別的教育機構遠比〈騎士聯盟〉強大。

他們要想彌補受損的信譽，就必須證明他們培育出來的伐刀者，比我們還要優秀。畢竟他們在戰後，可是花上半個世紀左右的時間，去『獨占全日本的伐刀者教育』，他們一定得守住這份權益(System)。」

沒錯，七星劍武祭並不只是學生們的慶典。

這也是在日本國民面前展現實力的舞台。

畢竟保衛國家的伐刀者竟然要由國家以外的組織——〈騎士聯盟〉來負責教育，這本身就是相當特殊的狀況。〈騎士聯盟〉藉由這個舞台上展現出結果，使日本國民能夠容忍這個特例。

那麼，要是這個舞台上出現別的教育機構，能夠壓倒性勝過〈騎士聯盟〉培育出來的騎士？

理所當然的，便會打從根本動搖國民對於聯盟這個品牌的信賴。

而這正是「某個巨大組織」的目的。他們強烈敵視聯盟，更是為此才設立曉學園，雇用〈解放軍〉做為戰力。

「對各位來說實在很不好意思，但我們還是要在這裡擊倒各位——你們將會成為我們的墊腳石。」

——曉學園成員身後瞬間竄起非常強烈的殺氣。

曉學園的成員們伴隨濃厚的殺氣，紛紛舉起各自的靈裝，擺出戰鬥姿態。

而身為「破軍學園」學生的一輝等人對此，也同樣地——

「你們小看我們到這種地步，以為我們真的會乖乖退出嗎？」

突如其來的惡意。

意料之外的濃烈殺意。

真要說他們毫無動搖，那是騙人的。

但是——所有人依舊顯現出己身的固有靈裝，反抗眼前逼近的敵人。

「要是辦得到的話，就試試看吧！」

「那麼，我們就不客氣了。嘻嘻。」

空氣中的緊迫感瞬間沸騰，雙方同時蹬地向前！

◆◇◆◇◆

「南鄉大師，非常感謝您在百忙之中抽空前來。」

這裡是位於山形的巨門學園集訓場。

學生們已經各自回到學校，集訓場中顯得特別冷清。

集訓場的管理員正要護送〈鬥神〉南鄉寅次郎前往座車。而在途中，管理員對這次緊急請到老人擔任劍術大師，特別向他致謝。

「我們沒想到這次準備的劍術教練竟然全都輸個一敗塗地啊。」

「齁齁齁，沒關係，老朽本來就想和那個小鬼來上一場，這也是個好機會啊……不過那小鬼還真不簡單。」

「是嗎？」

管理人聽見南鄉的稱讚，不禁感到疑惑。

「我也曾經看過兩位的比試。但兩位**只是隔得遠遠的**，**一味地互相瞪視**，根本不曾拔劍。我還以為一輝同學是畏懼南鄉大師的實力呢……」

「齁齁，外行人來看會這麼認為也是沒辦法的事啊。」

在這場集訓當中，南鄉以「臨時劍術教練」的身分，總計與一輝比試過三次。

但是雙方直到訓練時間結束為止，都只是站在起始線上，一動也不動。

管理員只是在一旁觀戰，會有這樣的感想也是理所當然的。

不過南鄉卻說事實並非如此。

三次比試，總計六十分鐘。〈落第騎士〉站在起始線上，想盡各種辦法接觸南鄉。可能是視線、劍氣或是各式各樣細微的舉動。

像南鄉這種等級的劍士，他的攻擊範圍幾乎等同於對手的「死地」。

只要輕易踏入一步，南鄉的劍就能瞬間將敵人的意識一刀兩斷。

因此一輝放棄深入敵陣，只是站在起始線上做出各種意圖上前的假象，費盡渾身解數挑戰南鄉的「劍之結界」。

不過對手可是〈鬥神〉南鄉寅次郎。

他是在世界頂尖的中國「鬥神盃」聯賽當中，唯一奪冠的日本人。

他絲毫不給一輝任何上前的機會，一輝自始至終只能站在起始線上動彈不得。

不過——

即使如此，南鄉依舊高度讚賞一輝。

而原因便是——

（沒想到**老朽竟然也被他釘在原地動彈不得啊**。）

沒錯，一輝的確只能待在起始線上，無法輕舉妄動。

不過南鄉也是同樣無法動彈。

〈落第騎士〉在這總計六十分鐘的時間裡，**〈鬥神〉也抓不到任何一次破綻進行攻擊**。

即使南鄉一再以劍氣威嚇或是製造假動作，一輝不但心如止水，完全不受影響，更伺機想攻破南鄉的防線。

旁人看來，他們在比試的過程中的確是毫無動靜。

不過對南鄉而言，他這漫長的人生當中，能度過密度如此緊湊的六十分鐘，次數可說是屈指可數。

（若是雙方能夠使用能力的話，或許又有另一番不同的結果……）

南鄉滿是皺紋的臉孔更是愉悅地皺了起來。

「……只論劍術的話，他恐怕還比龍馬技高一籌。這小鬼真是後生可畏啊。」

「南鄉大師竟然如此讚賞這位年輕人，可見他的確相當了不起。」

「齁齁，不過老朽可沒打算輸給他——嗯？」

就在此時。

南鄉忽然停下腳步。

「——」

「大師？怎麼了嗎？」

男性管理員走在身旁，也一起停下腳步，出聲詢問。

南鄉筆直注視著路旁的小屋。

「那是做什麼用的？」

「那是倉庫。裡頭放的應該是石灰，用來畫運動場地的區塊。」

「只有這樣？」

「應該是。」

南鄉聽完管理員的回答，摸著鬍鬚質疑道：

「……如果是這樣，那就奇怪了。」

「奇怪？」

「那裡頭有人哪。」

南鄉簡略告知這項事實。

管理員頓時驚呼出聲。

「呃……咦!?怎、怎麼可能……」

不過南鄉不等管理員反應過來，直接拄著枴杖走近倉庫——

「———」

接著以迅雷不及掩耳的速度，拔出自身的固有靈裝——「杖中劍」，瞬間斬斷倉庫大門上的小型掛鎖，打開倉門——

「果然啊。」

「嗯——！嗯——！」

裡頭關著一名被綁住手腳的少女。

姍姍來遲的管理員見到這個畫面，不禁目瞪口呆。

而管理員認識這名少女。

「你、你不是破軍學園新聞社的……！」

沒錯，這名遭到監禁的少女，正是日下部加加美。

「嗯嗯嗯——！」

「別急別急，馬上給妳鬆綁。」

南鄉語畢，便靈巧地斬斷加加美身上的束縛。

加加美一恢復自由，便取下堵住嘴巴的布條，大口呼吸。

「噗哈、哈啊！呼啊！得、得救了……！」

「這、這到底是怎麼回事？」

少女被重重綑綁住，監禁在倉庫中。

管理員見到如此不尋常的狀況，一臉焦躁地詢問原因。

不過加加美對此，則是搖了搖頭。

「哈啊、我之後再解釋，總之先讓我打電話！」

自己發現的真相。

以及自己遭人襲擊的事實。

她必須馬上將這些事告知自己的朋友們——也就是一輝等人。這份使命感促使

加加美立刻從口袋中取出學生手冊。

但是──

（打不通……！）

不管她撥了幾次，一輝、史黛菈、珠雫，誰也沒接電話。

她有了非常糟糕的預感。

好友們倒在有栖院腳下的畫面，瞬間掠過腦中。

加加美和有栖院也多有接觸，所以她很清楚。

他的能力究竟有多麼恐怖。

倘若有栖院真如自己所預想，是屬於敵方，那麼方才掠過腦中的畫面絕對有可能化為現實。

「可惡！」

快點，就算快上一秒也好。她得盡快通知他們有栖院的事。

焦急使得加加美胸口的騷動逐漸增強──於是她採取了非常手段。

她按照特定的順序操作學生手冊的螢幕。

這個方法唯有同校的學生手冊之間才能使用，利用最大音量的廣播功能，變更為緊急用的強制通話模式。加加美連接到一輝的學生手冊後，放聲大喊。

「學長！艾莉絲是其他學校的間諜！你要小心啊──!!」

而加加美的吶喊，以巨大的音量響遍遠處的破軍學園，傳達至現場每個人的耳中。

◆◇◆◇◆

「——!?」

但是——卻為時已晚。

加加美發出警告的瞬間，曉與破軍雙方同時邁開步伐。

而此時，有栖院早已開始行動。

當夥伴們衝向曉學園成員，他站在破軍陣營的最後排，注視著他們的背影——

他在手掌上顯現出數把〈暗黑隱者〉，握持成傘狀。

有栖院一直等待著這個瞬間。

他正是為了這個瞬間，才一直待在這裡。

有栖院的能力，正是能夠操控「影子」的概念干涉系能力。

而他的伐刀絕技〈縫影〉，正是以〈暗黑隱者〉刺穿對方的影子，完全封鎖對手一切動作，是相當強力的招數。

一旦影子遭到刺穿，不論他的力氣再怎麼強大，都不可能破除這項束縛。

即使擁有史黛菈這種程度的怪力，也無法掙脫。

有栖院的能力只要用在「奇襲」上，更是比任何能力都來得強大。

那麼——只要創造出能夠使用「奇襲」的狀況即可。

有栖院潛入學園，若無其事地靠近校內的強者們，取得他們的信任。他只需要一擊，只能創造破綻，讓這唯一一擊能夠**無條件成功**，有栖院的勝利便是無可動搖的。

這是曉學園事先預備好的保險。為了讓他們對上破軍，舉行這場〈前夜祭（慶典）〉時能夠萬無一失。

而現在正是這個瞬間，有栖院將會完成他的工作。

破軍陣營的所有人都衝向眼前的敵人，對有栖院毫無防備。

沒有一個人懷疑有栖院。

這正是他們最致命的失誤。

即使加加美如何吶喊，他們都不可能閃避或防禦——

「〈縫影〉。」

有栖院施放無數匕首，〈暗黑影者〉飛越空中，毫不留情、殘忍地刺穿他所瞄準的黑影——

——釘住了**曉所有成員的影子**。

◆◇◆◇◆

時間倒回距離現在十分鐘前。

正好是一輝等人發現了巴士外的黑煙。

「曉學園——這就是他們的名字，是他們襲擊了破軍學園。」

正當巴士內的成員陷入輕微騷動，有栖院冰冷的嗓音響遍整輛巴士。

同時，巴士中所有成員的影子上都刺著〈黑暗隱者〉的刀尖。

「咦!?艾、艾莉絲!?」

「這是怎麼回事？」

所有人頓時失去行動自由，陷入動搖當中。

有栖院的視線滑過所有人，接著開口說道：

「人家會一一說明的，你們先冷靜地聽人家說。」

於是他開始說明。

自己的真實身分，正是〈解放軍〉的殺手(Assassin)。

某個組織雇用〈解放軍〉，企圖將七星劍武祭搞得一團亂。

他們為了這個目的，將地下世界的菁英們送入現存的七所學校。

有栖院更提到了十分鐘後將會發生的威脅與計謀：他將會襲擊一輝一行人。

「也就是說，人家的職責就是等到你們抵達破軍後，潛藏你們的背後，伺機奪取你們的行動能力。一旦奇襲成功，這個作戰便是穩操勝券——人家就是為此進入破軍學園，接近你們。」

「這麼說你一直都在騙我們囉!?」

「如果這只是玩笑話，我倒是希望你馬上撤回啊。」

史黛拉與一輝的臉上布滿狼狽與苦澀。

不過有栖院依舊搖了搖頭。

「很遺憾，人家可不是在開玩笑。剛才說的一切全都是真的。」

他如此斷言。

有栖院毫不迷惘的語氣，更是讓史黛菈及一輝的神情更加沉痛。

但另一方面——

「……無法理解呢。」

珠雫恐怕是在場與有栖院交流最深的人，但她的表情卻有如晴日的水面一般，沒有一絲波動，淡淡地提出疑問。

「妳為什麼要現在說出來呢？妳公開這一切，這場作戰不就徹底白費了？」

珠雫的疑問。

的確，正如她所說。

有栖院自己親口說了，她的職責就是等到一輝等人抵達破軍後，從背後伺機奪取一行人的行動能力。

既然如此，他背叛時間點也過早了。
珠雫的疑惑正是來自於此。
而有栖院面向珠雫，靜靜地開口。
他的心中──已經決定好他的答案了。

「是啊，的確是。也就是說，人家想讓這個計畫毀於一旦啊。」

他的語氣沒有一絲迷惘。
他的話語中，能感受出某種決心。
因為這番話毫無疑問地，正是來自於有栖院的真心。
他已經下定決心了。
他想徹底毀了這個計畫。
「為什麼？你就是為了這個計畫才一直潛藏在這所學園裡，甚至去接近珠雫，不是嗎？」
「……是啊，本來應該是這樣的。」
一輝質疑有栖院為何要背叛雇主。有栖院則是有些困擾地微笑著。
「但是人家太喜歡珠雫了，喜歡到無法自拔的程度呢。」
有栖院凝視著眼前的銀髮少女，默默地想著。

扭曲的家庭，無法斷絕的血緣，無數的荒謬。這名少女身處其中，即使再怎麼受傷，再怎麼失去，依舊承受著這一切……甚至，即使最靠近兄長的位置已經不屬於自己，她依舊深愛著唯一的兄長。

有栖院無法忍受這個荒唐的世界，甚至放棄去愛人。珠雫的處世之道，在有栖院的眼中看來，是多麼珍貴、多麼耀眼。

因此有栖院在不知不覺中，起了一個強烈的念頭。

強者將會奪取一切，弱者只能失去一切。

即使華倫斯坦當時的話語就是這有如地獄的世界中，唯一的真實——自己仍舊不想站在「奪取」的一方，去掠奪這名高貴的少女。

因為這樣一來，自己就跟那些奪取自己一切的黑手黨沒有兩樣了。

「如果真的要問人家為什麼這麼做，那這就是人家的理由。人家不想毀了珠雫的願望，去破壞珠雫最重要的人的夢想，更不想讓別人來破壞這一切……所以，希望各位能助人家一臂之力，來守護你們夢想的舞台——七星劍武祭。」

「你說幫助？」

「是。曉學園所有成員都是地下世界的菁英，正面與他們衝突的話，他們實力太過強悍。既然如此，絕對命中的奇襲就是擊敗他們最大的機會。」

同夥的背叛，若是以這手棋做開頭，對方不論如何都無法反應過來。

因此只要讓間諜潛入破軍內部，曉的勝利便是萬無一失。

——而這個策略同樣能套用在曉學園本身。

因此有栖院按兵不動，仍然以曉學園的成員行動，直到這最後關頭。

為了製造讓奇襲能夠百分之百成功的機會。

「只要破軍能夠回擊曉學園，體無完膚地擊潰他們，就能重挫他們的計畫。『曉學園』甚至無法出場七星劍武祭，下場就是落荒而逃……這樣一來，也能守護你們的七星劍武祭，所以……希望你們能和人家合作，一起破壞曉的計畫。」

有栖院語畢，便深深地低頭請求。

這一切全都是為了珠雫，以及她深愛的所有人。

事到如今，即使有栖院成就了一樁善事，也不奢望能回到原本的關係。

自己是殺手，也一直欺騙珠雫到現在。這些事實並不會有任何改變。

珠雫不可能再當自己是「姊姊」了。

就像記憶中的妹妹們一樣。

但這樣就夠了。就算自己消失在珠雫的生活裡，那也無所謂。

只要能守護她的心，能守護她最重要的事物，一切都值得。

這就是有栖院的心願，他毫無虛假的真心。

不過……

「就、就算你這麼說，你要我們怎麼相信你……！〈解放軍〉可是殺人無數的恐怖分子集團耶!?」

「沒錯！你自己也說自己是殺手，而且現在還讓我們動彈不得，我們怎麼相信你啦！」

悲哀的是，人沒有辦法知曉他人的內心。

特別像是葉暮姊妹，她們與有栖院的來往尚淺，會有這樣的反應也是很正常的。

兩人面對「殺手」這樣超越自己理解範圍外的異常人士，神情布滿淺顯易懂的恐怖與厭惡。

沒想到這種殺人凶手，竟然至今都生活在自己的周遭。

好可怕。好恐怖。好噁心。兩人都心生如此強烈的抗拒感。

但是她們會有這種反應，也是無可奈何的。

要是自己的鄰居是個曾經手刃過數十人的殺手，不管是誰都會心生畏懼。至今自己與鄰居之間的閒聊、日常生活，這一切甚至會搖身一變，化為令人作嘔的可怕事物。

即使有栖院的暗殺對象，都是同樣身處地下社會的罪人，他依舊是殺了人。

兩人的反應可說是合理至極。因此有栖院——

「人家也覺得桔梗學姊們的意見很正確。畢竟人家也是一路背叛你們到現在，像人家這樣的殺人凶手說的話一點都不可信。所以人家可以跟你們約定好，一切結束之後，人家就會消失在你們面前。而這次作戰要是會危害到人家的人身安全，你們可以直接捨棄人家也無所謂——但是，只有現在也好，請你們相信人家。」

有栖院承認對方的確不相信自己。但是正因為如此，他才更加請求他們。

有栖院很清楚，自己只能拜託他們。

畢竟沒有人有辦法了解別人心中的一切。

既然如此，他只能說出一切真相，以最真誠的心意低頭請託。

此時刀華忽然詢問有栖院：

「我有點在意一件事。你說：『某個組織為了破壞七星劍武祭，雇用了〈解放軍〉。』那麼，你們的贊助商是誰？」

「──這個人家現在無法回答。」

「為什麼？」

「……我們現在不可能對付得了那個組織。即使說了也只是讓你們心生動搖罷了，所以人家現在沒辦法說。」

「你、你看！你現在又隱瞞我們了。」

「這種可疑的傢伙根本不可信啦！」

葉暮姊妹立刻插嘴，刀華立刻說了句「等等」阻止兩人。

「──若是我們不相信你，你打算怎麼做？」

「到時候人家會直接開車迴轉，盡可能地帶你們逃得遠遠的。」

有栖院毫不猶豫地回答了刀華。

因為他也一直在考慮，把這個當作最終手段。

「不過，實在不可能逃得過他們，這只能算是盡可能的掙扎而已。人家還是想充分利用第一手虛招所產生的機會。」

「原來如此，我了解你的意思了。」

刀華充分展現學生會長的氣度。

刀華快速整頓突發狀況導致的混亂場面，釐清事情經過後——

「……黑鐵同學，你覺得該怎麼做？」

接著將一切的決定權交給最合適的人選。

「不論逃走或是迎戰、是相信他還是不相信他，現在都是分秒必爭，沒時間悠哉地慢慢討論。你是七星劍武祭代表團的團長，我覺得由你來下判斷是最合適的。」

「…………」

一輝對此，則是陷入沉默，思考該怎麼行動。

就現有的狀況來看，的確不足以讓人完全信任有栖院。

但就如同珠雫提出的疑問，考量到有栖院的立場，他的行動只是出賣同夥，這是千真萬確的事實。

一輝仔細思索……並且淡淡一瞥珠雫的表情後——得出答案。

「我認為可以相信艾莉絲。」

◆◇◆◇◆

從結果來看，敵人確實上了有栖院的當。

在雙方衝突的瞬間，曉學園陣營所有成員的影子瞬間遭到固定，毫無防備——

「呀啊啊啊啊啊啊啊啊啊啊——!!」

於是他們一個也不剩地敗倒在破軍學園陣營的劍下。

他們在毫無防備的狀態下承受這致命一擊。

一行人無法迴避，就表示刀刀見血，無一落空。

這次完美的勝利毫無疑問是屬於破軍學園一行人。

（太好了……這樣一來——）

自己就守住了自己重要的妹妹，守住珠雫的心願。那場汙穢的計畫不能再玷汙他們的七星劍武祭。

有栖院打從心底為這件事感到開心。

而除了有栖院以外，其他人也同樣地——

「太、太好了……我還在想萬一真的被他從後面襲擊了，到時候該怎麼辦。」

所有人同樣鬆了一口氣。

因為所有人都從手中的刀刃，感受到方才那擊擊中的手感。

只有一個人。

──只有一輝低頭看著自己砍倒的兄長．王馬，神情依舊緊繃。

（不可能。）

一輝注視著倒在眼前的現實，一股惡寒油然而生，更使得胃部一陣反胃。

（這是、什麼？）

不管他怎麼看，這個人的確是他的大哥，黑鐵王馬。

他的舉止，身上的氣息、壓迫感、聲音、長相，每一樣都證明了他的的確確就是王馬本人。

〈陰鐵〉留下的手感同樣在說服一輝，方才他確實一擊打倒了王馬。

但是，正因為**不論一輝怎麼看，這個人都是真正的王馬──這件事更是不可能**。

那個大哥，〈烈風劍帝〉黑鐵王馬，怎麼可能如此悽慘地倒在自己腳下!?

──就在這瞬間，他的發現彷彿觸發了什麼，某段記憶忽然浮現在腦中。

數天前，在山形的商店街上──

當時的一小段記憶。

「哇——！等等、等等！你不可以做這種事啦！」

那一天，一名男孩比一輝更加迅速，介入制止了隨機殺人魔。

而男孩說了，一切都是因為伐刀者的能力。

在那個狀況下，考量到男孩的體能，他應該是比男人更早開始行動。若非如此——一輝應該比男孩更快才是。

而可能做到這件事的能力，分成兩種。

一個是「透視能力」。只要他看得見對方藏起的刀刃，就可能在男人行動之前衝出來。

但是某個要素否定了這個可能性。

加加美說過，他入選七星劍武祭代表的理由是「他擁有相當稀有的因果干涉系能力。」

「透視能力」並不稀奇，也不屬於因果干涉系能力。

那個剩下的可能性只有一種。

「預知未來」——

（————————!!）

一輝見到超脫現實的現狀，心中彷彿降下了啟示。

下個瞬間，戰慄從五臟六腑爬升至喉頭——

「艾莉絲，小心！這是陷阱——!!」

他轉向有栖院，順從了戰慄放聲大喊。

但是——他仍然稍微**慢了一步**。

「咦、唔——!?」

有栖院聽見一輝的警告正準備行動，但對方比他更快。

無數的劍刃從有栖院身後飛來，貫穿了他的身體。

「嗄……？」

「艾莉、絲？」

十多把銀劍貫穿了有栖院，他重重趴倒在地。

在場每個人見到這突如其來的狀況，紛紛倒抽一口氣——

「太可惜了，你如果再早一點發現的話，可能還來得及救他呢。」

異常活潑的嗓音傳進眾人耳中。

「不過你才和我接觸了那麼點時間，竟然能發覺我的能力，真厲害啊。真不愧是一輝！」

聲音來自於有栖院的身後。

紫乃宮天音就站在那裡，雙手握持無數銀劍，天真無邪地笑著。

◆◇◆◇◆

有栖院的身體無力地倒落地面。

身體遭到〈幻想型態〉貫穿後，所引發的意識中斷。

而眾人見事態至此，最早採取行動的是珠雫。

「艾莉絲！」

她吶喊著，奔向他的身邊。但是她的舉動——

「珠雫，別輕舉妄動！快看前面！」

「!?」

這次一輝的警告終於在最後關頭趕上。

珠雫的眼前，本來空無一物的空間中，景色卻存在著些許扭曲。

（這是——！）

珠雫警覺到後，立刻舉起雙手，護住頭部。

下一秒，珠雫嬌小的身軀頓時被狠狠吹飛到一旁，彷彿皮球般彈起又墜落。

簡直像是某種隱形的物體擊飛她似的。

而事實正是如此。

「咦…………！」

這聲驚呼是破軍方的某人，抑或是全體成員發出的。

但這也是無可奈何的事，這幅景象實在太過驚人。

方才被打倒的曉學園學生們彷彿是從透明的煙霧中走了出來，並且全體毫髮無傷地站在眾人面前。

「嗄、嗄!?這是怎麼回事啊!?」

「同一人竟會存在二人……!?難以置信，方才確實擊敗了——!?」

戀戀與碎城重新確認倒在自己腳邊的曉成員們。

接著，兩人瞪大雙眼。

倒在腳下的只是個繪上外表的木製人偶。

「這、這是什麼!?」

「〈錯覺繪影〉(Trick Art)。我筆下的藝術品可是比真人更像真人。」

戀戀驚呼出聲。此時曉學園的其中一人淡淡地回應。

說話的是一名少女，她赤裸上身，只用阻隔顏料的圍裙遮擋住碩大的乳房。

她和有栖院一樣隸屬於〈解放軍〉，名為〈染血達文西〉——莎拉・布拉德莉莉。

「也就是說到剛才為止，各位都把這些人偶當成我們了。她以操控『藝術』的伐刀絕技製作出仿製品，再由我的〈地獄蜘蛛絲〉(Black Widow)加以操縱。而真正的我們則是藉由王馬的風之力製造光線折射隱匿身影，靜靜等待各位的計畫落空。」

「你們一開始就已經看穿艾莉絲的行動了嗎!?」

「這是當然了，畢竟我們這裡有一位優秀的先知啊……當然，我們是不可能通知背叛者的。」

小丑愉快地揭開所有的圈套。

「不過最後天音的預言還是成真了。華倫斯坦大師會很傷心的，他還大發慈悲，給了你最後的機會呢。」

平賀將有栖院的身體扛到肩上。

「那麼剩下的就交給各位了。贊助商的指令是『盡可能給予他們壓倒性地，毫無轉圜餘地的毀滅』。請各位一個都不剩地擊潰。我還有工作，我得把這名背叛者帶到大師那裡呢。」

平賀一說完，便以宛如獵豹一般向後迅速一跳，打算直接脫離戰鬥區域。

他打算帶著有栖院一同離去。

不過一輝當然不會輕易讓他離開。

「站住！」

一輝立刻奮力蹬地，打算追上去。

以他的速度立刻就能追上平賀——本應如此。

只要〈烈風劍帝〉黑鐵王馬沒有堵在一輝面前——

「王馬大哥……！」

「去死吧。」

王馬毫不猶豫地揮動那把刀長超過一公尺的大太刀——靈裝〈龍爪〉。

〈龍爪〉斬裂暴風，繪出一道銀弧，朝著一輝的軀體一刀斬去。

一輝見到這毫不留情的一擊，他能夠肯定自己一定得停下腳步，聚焦視點，進行全力防守。不然他會連同〈陰鐵〉一起被一刀兩斷。

「唔！」

但就在一輝打算暫時放棄追逐時——

「哈啊啊啊啊啊——!!」

當王馬的靈裝橫劈斬來之時，黃金巨劍纏繞著烈焰，阻卻了這道軌跡。

「史黛菈！」

一輝見到紅髮的戀人為了守護自己，忽然插手介入，訝異地呼喊她的名字。

史黛菈使勁對抗王馬，同時通知一輝：

「一輝！珠雫去追艾莉絲了！」

「!?」

一輝聞言，立刻望向方才珠雫被王馬擊飛的地方。

那裡已經空無一人。

一輝立刻四處搜尋，接著在視野遠方見到珠雫的背影。她正費盡全力追逐逃走的平賀。

「這些傢伙只放過珠雫！她去的那個方向一定有陷阱！讓她一個人去太危險了！快去追珠雫！」

史黛菈急促的語氣令一輝有些遲疑。

真的能將這個場面交給史黛菈他們嗎？

不過幸好，以刀華為首的學生會幹部，以及自己以外的代表選手——葉暮姊妹他們都在這裡。

那麼——應該立刻追趕遭到孤立的那一方。

「我知道了，這裡拜託你們了！」

「當然，就算沒有艾莉絲的幫忙，我們也會徹底擊潰這幫混蛋！」

史黛菈氣勢十足的口氣推了一輝一把。一輝立刻脫離戰線，追向珠雫身後。

史黛菈目送一輝的背影後——再次瞪視眼前這名與最愛的男人神似的敵人。

然後，她發現了。

敵人的視線和那個木偶一模一樣，不偏不倚地直視著自己。

「我一直感覺到你的視線，你很希望和我一戰吧!?」

倘若那個藝術品比真人更像真人，那麼木偶的視線也是模仿自真正的王馬。

既然如此——

「我就接受你的挑戰！〈烈風劍帝〉！」

付他。

〈紅蓮皇女〉沒有任何理由拒絕他！

對方和自己同樣身為A級騎士，那麼就只有自己才能對付他。

史黛菈下定決心，憑藉蠻力奮力撞飛王馬。

王馬被撞飛了三十公尺左右。而史黛菈在第一招便使出自己必殺的伐刀絕技對付他。

將所有力量灌注在手中的巨劍〈妃龍罪劍〉，閃耀炙熱烈焰的一劍。

——〈燃天焚地龍王炎〉（Calusaritio・Salamander）。

（我不清楚對方的實力，但我知道他絕對不簡單！）

那麼第一招就必須使盡全力。

這一劍就能解決對方也好。

若是不能，也能藉此見識對方如何回擊，經由這擊衡量對方的實力。

史黛菈是這麼判斷的。而王馬——

「——哼。」

他面對史黛菈的全力，這足以使周遭的氣溫直線上升的絕招——

「希望妳不會這麼輕易就玩完了。」

王馬露出犬齒，野蠻地咧嘴一笑——以自身最強的伐刀絕技應戰。

巧合的是，他的架勢與史黛菈相同。

雙手握持巨型大劍，舉起劍刃，灌注全身的魔力。

〈烈風劍帝〉黑鐵王馬的能力為自然干涉系——操縱「風」的能力。

暴風由此而生，以〈龍爪〉為中心化作龍捲風，**吞噬**了周遭的空氣。

空氣、瓦礫、火焰——

它吞噬了周遭存在的一切事物。

經過壓縮再壓縮，甚至擁有了質量，最終形成了橫掃一切的暴風之劍——

「〈斷月天龍爪(Kusanagi)〉。」

光焰之劍與暴風之劍。

雙方刀身皆超過五十公尺，超脫規格的範圍攻擊。

兩人間距只有三十公尺，都在對方的射程範圍內。

幾乎同時朝向敵方揮刀，緊接著是雙方攻擊的劇烈衝突。

這個瞬間，光焰與暴風經由各自的魔力編織成劍，互相消磨，火花四散，甚至化為焰火烈風破壞四周。他們始終互相抗衡著。

「「呀啊啊啊啊啊啊啊啊——!!」」

灼熱風暴橫掃四方，燒盡一切。葉暮姊妹見狀，只能大肆哀號。

不，包含兩人在內，在場所有人都以魔力護身，縮起身軀，勉強支撐在場上。

只要有一絲鬆懈，身體彷彿會被烈風拋飛到遙遠的彼方，這衝擊可能等同於從高樓大廈摔落地面。

因此所有人都努力保護著自己。

這場戰鬥甚至超越普通的次元，一般騎士甚至無法睜眼目睹現狀。

但是——

「————!?」

光焰之劍與暴風之劍的對峙終於開始崩解。

遭到壓制的一方——是〈紅蓮皇女〉。

（騙、騙人……！）

史黛菈以自傲的臂力支撐住雙手，但她的雙手卻感受到前所未見的壓迫，肌肉吱呀作響。

腳踝緩緩陷入地面，腳下的柏油逐漸產生龜裂。

史黛菈見到這千真萬確的事實，不禁錯愕當場。

（我的力量竟然會輸給他……！）

她是初次親身體驗這種事。

她本想以〈燃天焚地龍王炎〉來見識對手的實力，這個企圖也在這個瞬間瓦解了。

這也是當然的。〈紅蓮皇女〉至今引以為傲的伐刀絕技〈燃天焚地龍王炎〉，從來沒有人能正面接下這招，甚至是壓制回去。她根本沒有餘力衡量他的實力。

© Won

史黛菈從未遭遇這種狀況。

既然她毫無經驗，就無法應對。

（該怎麼辦……）

一點、一點地。

光與風的雙刃描繪出完美的十字，十字的形狀漸漸崩潰。

暴風之劍壓制住光焰之劍，龍捲風彷彿鑽岩機的刀刃般不斷迴旋，削去光之劍——

〈燃天焚地龍王炎〉的刀身終於慘遭斬斷。

接著，〈斷月天龍爪〉即將落在史黛菈的上方。

（糟、糕——）

史黛菈在感受到刀刃即將落下的壓力。這短暫的剎那之中，她完全來不及迴避。

而兩人超越次元的衝突，讓其他人光是保護自己就盡了全力，不可能趕得上。

史黛菈避不開這一擊。

即將分出勝負。

——不巧的是，唯一跟得上這場世紀之役的人——〈雷切〉東堂刀華正好在場。

「史黛菈同學！」

〈斷月天龍爪〉即將斬斷史黛菈的軀體，就在這個瞬間。

刀華立刻利用〈疾風迅雷〉進行加速。

她從旁滑進即將落下的刀刃下方，在千鈞一髮之際救出史黛菈。

而同一時間，〈斷月天龍爪〉隨即敲落地面。

暴風刀身瞬間斬裂並捲飛自身軌跡上的一切事物。

史黛菈被刀華緊抱著，親眼目睹了這片慘狀。

〈斷月天龍爪〉揮刀而下的軌跡上，什麼也沒留下。

校舍、訓練場、鋪設在地面上的柏油——甚至是一片瓦礫，什麼都沒了。

茶色地面被挖掘出來，形成一直線延伸而去，上頭的一切全數慘遭刨除，拋飛至遠方。

這道痕跡，簡直像是被巨大的龍爪挖開似的。

人類要是直接承受這種攻擊，恐怕會直接灰飛煙滅，一點痕跡都不留。

（好、好險……要是刀華學姊沒救我的話，我恐怕現在已經……）

「謝謝妳救了我！刀華——!?」

史黛菈的聲音突然中斷。

而原因就在於——刀華抱住她的右手。

刀華的右手正靠在史黛菈的延髓上。

她方才直接電擊了史黛菈的腦部。

「為、什麼…………」

「抱歉，史黛菈同學。我現在不能讓妳跟王馬戰鬥。現在的妳只能和我打成平手，根本不可能贏得了他。」

「…………唔、啊…………」

從史黛菈的神情看來，她似乎還想說些什麼，卻馬上就失去意識。

畢竟刀華是直接遮斷她的腦部訊號。

「桔梗同學！牡丹同學！」

「咦!?」「呀啊！」

刀華擊昏史黛菈之後，將她的身體奮力拋向葉暮姊妹。

葉暮姊妹一時震驚，但她們終究是在選拔戰中奮戰到最後的女中豪傑。

她們在驚愕當中成功接住了史黛菈。

刀華拚了命地對兩人呼喊著：

「帶著她趕快逃走！能逃多遠就逃多遠！**妳們這些『七星劍武祭代表選手』絕對不能現在輸掉！**」

——刀華在這個瞬間、這種狀況下，依舊比在場的任何人都還要冷靜。

（待在這裡解決曉學園一行人，就能解決這件事。史黛菈的選擇的確能獲得最好的結果，但是**在這個狀態下，並非最合適的方法**。）

打從奇襲失敗開始，整個場面就已經產生變化。

考慮雙方現在的戰力差距，他們恐怕很難擊退曉學園。

他們要是在這裡一味地挑戰對方，可能會造成「最糟糕的結果」：只要一個不慎讓曉學園擊潰了史黛菈或葉暮姊妹，曉學園真的會取代破軍學園，成為七星劍武祭的第七所學校。

（那麼我們現在最該做的，就是保護破軍學園的七星劍武祭代表選手們！）

刀華歷經數場實戰，身經百戰的她得出了唯一合適的手段。

而兩人感受到刀華聲音中那股強悍的意志——

「是、知道了！」

即使葉暮姊妹還未能理解刀華的考量，她的魄力仍然驅動著兩人。

由較有力的桔梗背著史黛菈，兩人立刻轉身逃出破軍學園。

而這個狀況——

「妳們以為逃得了嗎？」

伴隨著王馬低沉的嗓音，至今身處在他背後的曉學園學生一同奔出。

身著禮服，跨坐在漆黑巨大的獅子背上的少女——〈魔獸使（Beast Tamer）〉風祭凜奈，以及〈不轉〉多多良幽衣馬上追趕逃走的三人。但是——

「〈極速渴望（Mach Greed）〉！」

「〈蓄銳之斧（Crescendo Axe）〉！」

兩人快速踏步前進，準備追上逃走的三人。此時〈速度中毒（Runner's high）〉與〈破城艦（Destroyer）〉兩人忽然從中殺出，阻擋追逐者們前進。

「——你以為我們會讓你們追上去嗎？」

刀華對著站在眼前的王馬這麼回道，並且重新舉起〈鳴神〉。

刀華以外的成員像是呼應她的動作，紛紛重新架好各自的靈裝。

「讓代表選手逃走，剩下你們來斷後嗎……判斷得相當冷靜，不過這只是延後結束的時間罷了。」

曉成員們也呼應著王馬的話語，周遭漆黑的敵意更加濃厚，接著踏出一步。

第二次的衝突。

但這次的衝突和第一次不同，毫無虛假。

是雙方貨真價實的生死一瞬間。

逐漸緊繃的氣氛當中，刀華呼喚了身旁的少女。

「……彼方。」

貴德原彼方。

她是學生會幹部中唯一的七星劍武祭代表選手。

刀華以視線示意催促她逃走，不過——

「我不會逃的。我會和刀華一起奮戰到最後。」

彼方甚至不肯看向刀華一眼。

她只是不偏不倚地凝視眼前的目標。

「————嗯。」

刀華了解她的頑固。

畢竟她從小就和彼方一起長大。

因此刀華也不再花費唇舌勸說。

「光是挨打可是會砸了破軍學園學生會的招牌。這筆帳要加倍奉還！」

她只留下這句話，鼓舞留在場上的夥伴們——

「「是——!!」」

——所有人同時奔向眼前的敵人！

◆◇◆◇◆

「哈啊、呼啊……！」

珠雫一路奔下學園空無一物的斜坡，奔跑了許久。

等到珠雫來到熱鬧的市區，她的側腹痛得她停下腳步。

（我體力太差了……）

珠雫咂舌為自己的嬌弱感到不滿，同時確認擄走有栖院的平賀與她之間的距離。

已經遠得肉眼無法確認了。

恐怕是在途中搭上車子之類的交通工具。

（但是，我還沒有跟丟。）

有栖院被擄走的瞬間，珠雫讓肉眼難以辨識的魔力細絲附著在有栖院身上。

這條絲線能穿越所有事物，直線延伸至有栖院身邊。

也就是說，只要順著這條絲線，一定能到達有栖院身邊。

但是她已經跑不動了。

因此珠雫——

「不好意思。」

她向一旁等著紅綠燈的男性機車騎士搭話。

「我是破軍學園的學生騎士，現在遭逢緊急狀況，需要借用您的機車——」

「嗄!?小不點，妳開什麼玩笑了。憑什麼要我……」

正當機車騎士一臉厭惡地打算拒絕，珠雫手持〈宵時雨〉抵住他的喉嚨。

「情勢緊迫，拜託您了。」

「是！榮幸之至！」

男人立刻勉強一笑，點頭如搗蒜，接著丟下機車落荒而逃。

緊急的時候只能使出強硬手段了。

之後再麻煩學園將機車還回去就好。

珠雫一邊這麼想，一邊取代男人跨上機車。不過——

她此時才驚覺自己的重大失策。

© Won

（腳搆不到地板……）

「沒想到還有這種陷阱在啊……」

「妳在玩什麼啊，珠雫？」

此時珠雫的身後傳來說話聲，她立刻回過頭。

「哥哥。」

珠雫便見到一輝站在身後。只見他追上珠雫，卻大氣都不喘一下。

而珠雫則是對他說明自己碰到的狀況。

「我跟有栖院的距離越拉越遠了，看來對方應該是搭了車子。所以我直接徵收了一輛機車，不過就您所見，這輛車的構造有缺陷，日本製品的品質也一落千丈了呢。」

「這完全不是製造商的錯啊。」

一輝聽見珠雫的藉口，不禁苦笑。

但是他立刻板起面孔走近珠雫，並且對她娓娓而談。

而談話的內容是質問。有栖院欺騙自己等人到現在，而珠雫依舊打算追上他，一輝想聽聽珠雫的回答。

「……珠雫，王馬大哥他們明知道我們在追趕艾莉絲，但他們卻沒有追過來，想必是沒有追的必要。這前方肯定有我們難以致勝的敵人，珠雫應該也察覺了吧？」

「是，我知道。」

「艾莉絲騙了我們。搞不好他連我和珠雫會追上去這件事，都包含在他們的『陷阱』之內。妳瞭解這個可能性嗎？」

「是的，我瞭解。」

「最後，假設艾莉絲真的打算與曉決裂，幫助我們，他說過要我們『捨棄他自己』。這是艾莉絲的願望，他不希望珠雫為了他遭遇危險。妳知道嗎？」

「是，我知道。」

珠雫三次肯定地回答一輝之後，她才察覺了。

他是來挽留自己的。

但是珠雫不能聽從他的話。

即使他是自己最愛的哥哥。

因為——

「哥哥，這些事很重要嗎？」

一輝對珠雫提出的三個問題。

這些全都只是些雞毛蒜皮的小事。

珠雫凝視著兄長的臉龐——

「艾莉絲是我除了哥哥以外，第一次喜歡上的人，是我重要的朋友。而我的朋友現在深陷危機，沒有什麼比這個更重要了。所以不管前方存在著什麼樣的危險，不管艾莉絲再怎麼不情願——我都要去救艾莉絲。」

珠雫告訴一輝自己的決心。

自己已經決定了，絕不反悔。

她是在理解一切的風險後，仍舊要去幫助自己的朋友，幫助她唯一的姊姊。

而她的兄長聽見她的答案……淡淡地彎起脣角。

「——答得很好。」

「…………咦？」

一輝給了出乎意料的答覆。

珠雫不禁傻住了。

「哥哥，您不是……來阻止我的嗎？」

「如果妳只能答出半吊子的答案，我的確是打算強行帶妳回去的……但既然妳已經做好覺悟，我也沒理由阻止妳。」

一輝答道，接著他跨上機車，將珠雫推到背後，握住油門。

他回頭看向珠雫。

「我就陪珠雫走這一遭。」

一輝在知曉一切的危險後，宣示要陪妹妹走上這一程。

「哥哥……」

一輝的關心，令珠雫更是心生愛意，胸口一陣揪緊。
她將額頭緊靠著一輝的背脊，心中的念頭更甚以往。
（雖然我的戀情沒有結果……）
能喜歡上這個人，真是太好了。
「謝謝您。」
珠雫道謝的聲音隱約有些顫抖。
「謝什麼，我是珠雫的哥哥啊——那麼，出發吧，麻煩妳指引方向了。」
「……是。」
接著，一輝騎著機車奔馳而去。
直線邁向有栖院被帶走的方向——「曉學園」。

破軍學園壁報

角色介紹精選　文編・日下部加加美

KURONO SHINGUJI

新宮寺黑乃

■PROFILE

隸屬：破軍學園

伐刀者等級：A

伐刀絶技：禁技・粉碎時空（World Crisis）

稱號：世界時鐘（World Clock）

人物簡介：破軍學園理事長

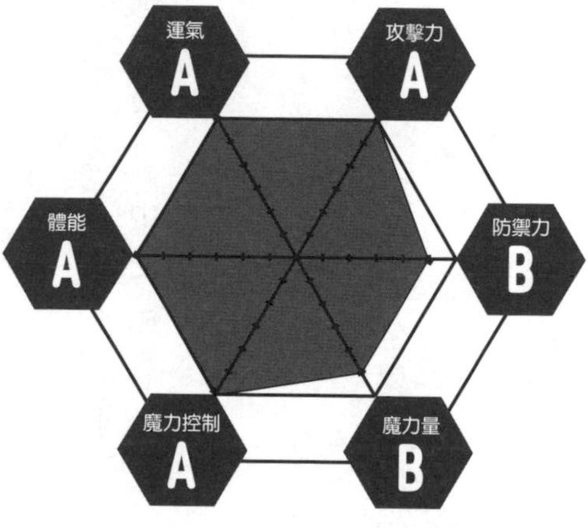

加加美鑑定！

最後輪到破軍學園的理事長──〈世界時鐘〉新宮寺黑乃老師！靈裝為「雙槍」，能力為操縱「時間」的因果干涉系能力。〈粉碎時空〉，這個大絕招是將目標空間的時空徹底扭曲，連同空間本身一起粉碎。在七星劍武祭決賽時，她曾經以此招將〈夜叉姬〉施放的〈霸道天星〉連同空間一起破壞、消除，這件事至今仍然為人津津樂道呢。不過〈粉碎時空〉所破壞掉的空間「不可能恢復原狀」，會帶給世界本身無法抹滅的傷痕，因此和〈夜叉姬〉的〈霸道天星〉一樣被列為「指定禁技」。

老師曾是KOK「A級」聯盟選手，當時為世界排行第三名，最後是因為結婚而引退。引退的理由是自己有了比榮耀更加重要的人們，因此無法繼續賭命奮戰。她拋棄了騎士的身分，選擇成為母親。

雖然當時也因此被人說三道四，不過我認為這也是相當偉大的生活方式喔。

第四章 過早的決戰

畫面轉回飄著陣陣濃煙的破軍學園。

「破軍學園學生會」對上「曉學園」，這場校園內的戰役逐漸白熱化。

而不論是誰都能輕易發現，「破軍學園學生會」已經屈居劣勢。

「曉學園」的學生中，除了客座生——〈烈風劍帝〉黑鐵王馬以外，所有人都是地下社會的菁英。

這些孩子度過的地獄，是表面世界的人們無法想像的。而他們又是其中特別挑選出來的精銳。

每一個成員都是實力高強，甚至都能擔任一校的王牌選手。

他們最少也擁有全國前八強的實力。

而雙方的實力差距，也深深威脅刀華一行人。

「唔！」

破軍學園學生會幹部之一。

〈速度中毒〉兔丸戀戀在極速之中發出了悶哼。

她的伐刀絕技〈極速渴望〉，能力是能夠無視減速，持續累積速度。

她的確曾經戰敗過數次，但是到目前為止，她的累積速度依舊能將敵人遠遠甩開。

毫無例外。

不過她現在面對的敵人卻——

「沒用的，軟弱的人類！」

緊追在後。

對方追上了加速到極致的〈極速渴望〉。

為什麼對方辦得到？那是因為敵人並非人類。

那是一頭渾身漆黑的巨獅。

但牠又並非普通的獅子。

野獸本身的體能就不是普通人類能夠媲美的，再加上魔力成了牠的推進力，巨獅便能緊追在戀戀身後。

「我的僕人——魔獸『史芬克斯』可不是普通的魔獸！我為牠施以血脈之力——邪神咒縛法，將邪惡聖痕刻印在牠的靈魂與血液之中，便能將沉睡魔獸體內的黑暗之力激發至極限。區區人類肉身不可能有辦法與之對抗的！」

「大小姐是這麼說的：『我的〈隸屬項圈〉能夠將裝備項圈的生物化作我的固有

靈裝。原本獅子的體能就遠遠高出人類，再讓牠能使用魔力的話，可是非常非常強的喔！』」

身穿禮服，配戴眼罩的少女——〈魔獸使〉風祭凜奈乘坐在黑獅子背上，大聲宣告著。她的用詞彷彿戲劇台詞一般誇張。乘坐在凜奈身後的侍女・夏洛特便隨即翻譯那些台詞。

「好了，老實接受毀滅吧！軟弱的人類！」

「大小姐是這麼說的：『妳越掙扎就越痛，還是別動了比較好喔。』」

「這些傢伙真是亂七八糟！」

夏洛特無厘頭的翻譯削減了緊張感。戀戀見狀，也忍不住出口吐槽。

就算她要戀戀別動，戀戀也不可能停下來。

面對那頭有如小貨車般大小的黑獅子，停止就等同於敗北。

但是在對方速度能與自己抗衡的情況下，很難進行游擊戰。

既然如此——

（就是那個！）

戀戀的目標是前方的路燈桿。

敵人從背後追來，速度也和自己幾乎相同，那麼——

（就利用對方的速度——給牠一記反擊！）

就像以前一輝對付自己的時候，利用對方的速度擊倒對方。

利用敵人自身的速度予以打擊。

戀戀暗自下了決定，接著在和燈桿擦身而過的瞬間，左手拉住燈桿，來個急速迴轉。

戀戀從正面突擊那隻扭曲速度向量，緊追在後的黑獅子。

目標就在滿是破綻的前額。

藉由急速迴轉進行反擊。

對方沒有機會迴避。

再加上動物和人類不一樣，不能進行抵擋。

（以這一擊決勝負！）

「〈黑鳥(Black Bird)〉——!!」

戀戀以必殺的決心擊出拳頭。

但是——這卯足全力的奇襲——

「呵——哈哈哈哈！愚昧的蠢貨，妳根本無視於世界的真相啊！」

〈魔獸使〉跨坐在黑獅子背上，高聲大笑。

「妳聽不懂我降下的天啟嗎？邪神咒縛法可不只讓魔獸服從！就讓妳見識一下吧，沉睡在魔獸『史芬克斯』邪惡靈魂深處的暗黑力量！」

黑獅子的雙眸瞬間閃過赤紅光芒——

「退卻吧——！〈獸王威嚇〉（King's pressure）——————！！」

「嘎喔喔喔喔喔喔喔喔喔喔喔——————！！」

傳遍千里的咆哮衝擊了戀戀全身。

而在這個當下，戀戀的身體產生異狀。

「什——!?」

（身體、動不了了……!?）

戀戀的身體固定在出拳的姿勢，動彈不得。

為什麼——她甚至來不及思索。

「嘎哈！」

小貨車般的巨大軀體毫無緩速，直接撞飛戀戀的身軀。

體重輕巧的戀戀彷彿像顆皮球似的，被彈飛數十公尺遠，接著狠狠撞進水泥牆中。

當她摔落在地的時候，已經完全失去意識。

「我說過了，我的邪神咒縛法能夠引出黑暗之力！這就是沉睡在『芬利』……不對，是『史芬克斯』體內的黑暗之力——〈獸王威嚇〉！是百獸之王獨有的能力，敵人只要和牠對上眼，就能撼動敵人的靈魂！」

「大小姐一臉囂張地這麼說著：『既然我把牠變成我的固有靈裝，牠不只能使用魔力，當然還能使用伐刀絕技。很帥吧！』」

「兔丸同學……！」

刀華的眼角確認遠處的戀戀已經戰敗，忍不住咬緊雙唇。

而戰敗的不只是她。

（碎城同學、小沫，甚至連彼方也……）

戰鬥開始後才過了十幾分鐘。

破軍學園學生會幹部之中，只剩下刀華一人還站在戰場上。

「妳差不多該放棄了吧？」

「……！」

王馬不耐煩地對刀華說道，刀華臉上更是充滿悔恨。

刀華和其他人不同，她的身上一道傷痕都沒有。

但這並不是因為她與王馬打成平手。

刀華讓史黛菈等人逃走後，考量到剩餘成員的實力，認為只有自己能應付王馬，便主動挑戰他。但是眼前的王馬卻收起自己的靈裝〈龍爪〉，對刀華毫無防備。甚至說：

「我沒興趣對一個比我弱小的女人揮刀相向。如果妳這麼想和我過招——就一刀，只要妳能傷到我一刀，我就和妳比試一場。」

於是他便雙手抱胸，閉上雙眼，筆直地站在原地。

——就憑妳這個程度的騎士，我還不放在眼裡。

刀華見他這番行為，要說她沒有一絲怒氣是騙人的。

但反之，刀華也能利用他的傲慢、輕視。

王馬那麼輕易地擊退史黛菈。

他的強悍無庸置疑。

而他現在毫無防備地暴露在自己的刀前。

刀華絕不能輕易錯失這個機會。

敵陣當中，威脅最大的就是王馬，一定要趁對方大意的時候全力擊敗他。

刀華毫不猶豫地全力施展〈雷切〉，斬向手無寸鐵的王馬。

這一擊不論是力道、拔刀架式、角度、速度，一切完美無缺。

但刀華唯一誤算了一件事。王馬的傲慢，是來自於他與刀華之間絕對的實力差距。

即使〈雷切〉直接命中王馬的身軀，依舊無法傷他一根寒毛。

十分鐘內。

不論刀華嘗試幾次都是相同的結果。

頂多稍微劃開王馬的衣襬，甚至連表皮都沒擦傷一塊。

斬擊傳遞回來的反動，有如一座山脈。

這手感實在太過厚重，彷彿是揮劍砍向巨大的山脈。

（這異常的防禦力究竟是……!?）

伐刀者之間的戰鬥中，的確會發生這樣的現象。

雙方的魔力量天差地遠的情況下，才會發生這種現象。

剛好就像是一輝與史黛菈第一次對戰的時候。

（但是我和王馬的魔力量，應該沒有這麼大的差距啊……！）

所以究竟是為什麼——

此時，王馬彷彿看穿刀華心中的矛盾，開口說道：

「睜大雙眼看清楚吧。我和妳的修練方式差太多了，妳打從一開始就不是我的對手。」

「唔！還沒完呢！」

刀華在此下了賭注。

其他同伴已經全體敗北了，曉的其他成員恐怕會一起攻上來。

一旦事已至此，自己也自身難保。

那麼至少要還以顏色。

（至少要趁著王馬放棄攻擊的機會，反將他一軍！）

刀華向後跳步，拉開與王馬之間的距離，〈鳴神〉的刀尖朝向王馬，水平舉起。

接著以自己的能力將前方的空間化作磁場。

最後將〈疾風迅雷〉纏繞上自身肉體——

「〈建御雷神〉————————!!」

刀華衝進電磁力的隧道之中。

轉瞬之間，刀華穿越雷光的通道，劇烈加速至足以毀壞肉體的程度。

刀華等於是將自己的身體本身化作子彈，發射出電磁砲。

這是一個尚未完成的招數，不但非常危險，刀華自身也無法自保。

這個絕招甚至還不能實際運用。

但是它經過加速後所產生的穿透力與破壞力，是〈雷切〉完全無法比擬的。

刀華以這番攻擊力做為最後的攻勢——激烈衝撞！

血花四濺。

但是飛舞在空中的血沫，沒有一滴屬於王馬。

血花是從刀華舉刀的右手噴出。

〈鳴神〉的刀刃並未貫穿王馬，而〈建御雷神〉直接擊中王馬的軀體，卻只劃破些許表皮，傷痕滲出血珠，王馬本身依舊文風不動。

他這是名副其實的不動如山。

「……你……到底、是……」

〈建御雷神〉的反動損傷了刀華的右手。刀華無力地垂下右手，聲音顫抖地問著。

「……!?」

接著刀華訝異地睜大雙眼。

王馬即使承受自己的全力一擊，依舊不為所動。但這並非她驚訝的理由。

〈建御雷神〉的衝擊使得王馬的胸口大開。

而刀華見到了刻印在王馬胸口，那成千上萬的傷口。

刀傷、撕裂傷、刺傷、槍傷、擦撞傷——

王馬身上充滿各種傷痕，甚至有的傷口還沒痊癒又再次負傷，一層又一層地刻印在他的肉體上。

再生槽（Capsule）技術發達的現在，大多數的傷口並不會留下傷痕。

但王馬在這樣的時代，依舊身負眾多舊傷，實在非比尋常。

刀華直到現在才第一次打從心底畏懼黑鐵王馬的存在。

「你……從小學聯盟銷聲匿跡之後，到底在做些什麼……？」

王馬自公眾舞台上消失後，已經過了五年。

他究竟身處在什麼樣的地獄？

王馬聞言，則是——

「我沒興趣大談自己的事。」

他搖了搖頭，不打算述說那五年的空白。

「不，我早就沒有可以談述的過去了。父母、弟弟、妹妹、名聲——我捨棄了一切。我現在擁有的只有這把劍，以及寄託於劍上的誓言。」

王馬顯現出〈龍爪〉，並且緊握劍柄。

「……！」

「雖然細小，但是傷口就是傷口。我就按照約定，陪妳玩一玩。」

下一秒，以〈龍爪〉為中心，捲起了足以吞噬一切的暴風。

這一招正是王馬方才用來迎擊史黛菈的〈燃天焚地龍王炎〉——

「〈斷月天龍爪〉！」

龍捲之劍應聲揮下。

刀華使用〈建御雷神〉全身通電後，反作用力使得肌肉負荷過度，全身痙攣無法動彈，根本不可能躲過這一擊——

（各位……對不起…………）

纏繞烈風的龍之爪殘酷地刨去刀華的意識。

◆◇◆◇◆

一行人解決破軍學園學生會之後，曉的其中一人・紫乃宮天音嘆了一口氣，仰望天空。

夕陽已落下，青藍色的黑暗渲染了整個天空。

「呼──比想像中還要花時間呢。」

多多良在地上拖著電鋸，發出喀啦喀啦的聲響。她聽見天音的話，便以嘶啞粗糙的嗓音抱怨道：

「咯咯咯，還不都是你們在那邊摸魚，蠢蛋。我這邊老早就解決了。」

「哼、哼、哼，〈不轉〉，少說大話了，純粹是星辰的流轉正好偏向妳而已。」

「大小姐是這麼說的：『妳只是剛好碰上比較好應付的對手，別太囂張啊！』」

「嗄？那要不要讓我在這裡試試看妳好不好應付啊？」

「真有趣。」

多多良大肆挑釁，風祭邪邪一笑，手指覆上自己右眼上的眼罩。

「就讓妳瞧瞧〈黃昏魔眼〉的力量吧！妳要後悔也來不及了！封印解除！」

「……右眼跟左眼一樣都是紅色不是嗎？」

「大小姐，您忘記戴隱形眼鏡了。」

「……呵，哈哈哈，今天MP已經耗盡了啊。妳撿回一條命了！」

「你們從剛才開始到底在胡鬧什麼啊？」

天音實在看不下去了，一臉困擾地嘆息著。

（原來如此，照這群人的狀況看來，只要平賀一不在，負責統整的人就是我了呢。）

「我們還有事沒做完喔。還得去追逃走的史黛菈和一輝……總之先兵分二路吧。」

天音察覺自己的任務，便向所有人這麼提案。

不過王馬卻搖頭否定了。

「沒那個必要。」

「咦？王馬，為什麼這麼說？」

「我的弟妹前往的方向只是死路一條。只靠〈獨腕劍聖〉一個人就足夠了，而且『她』也在那裡。」

「她」──王馬這麼一說，天音才想了起來。

他們真正的母校，悄悄聳立於東京都角落的「曉學園」。

今天正好有一位客人暫駐於此。

「這麼說也是呢。那個人是今天要來暫住曉學園啊。」

「沒錯，因此那些傢伙活下來的可能性不到萬分之一。所有人一起追趕〈紅蓮皇女〉才是上策。」

的確。天音接受王馬的意見。

「她」是一位有情有義的人，並不適合加入這場作戰。

不過「她」應該會以劍來回報一宿之恩。

既然「她」會有所動作，現在回到曉學園也只是白跑一趟而已。

「不過你還真冷淡呢。你是他們的大哥吧，不擔心嗎？」

王馬面對天音的疑問，只是不屑一顧地說道：

「無聊。早就捨棄的東西，事到如今還會在乎嗎？」

「啊哈哈，一輝還真是不得家人愛呢。」

「胡扯。天音自己不也一樣？你對那男人那麼熱衷，倒是不見你擔心他什麼。」

「我擔心他？啊哈哈，怎麼會呢？」

王馬意料之外的回問逗得天音哈哈大笑。

「我一點都不擔心喔，不如說我很開心呢。……一輝應該要更加痛苦喔。更加更加地痛苦，痛苦到心膽俱裂，陷入更深、更不合理的苦境。〈落第騎士〉要跨越這些絕望，他的故事才會更加發光發熱啊。」

沒錯，所以他感受到的絕望越深沉越好。

看著他費盡千辛萬苦，嘔心瀝血地抗拒他的命運，他這樣的身影——

「我啊，最——喜歡這樣的一輝了！所以我要讓他痛不欲生，痛到無以復加才行！」

「咯咯……你還是老樣子，瘋狂到令人反胃呢。」

「嗯姆，妳說得真過分呢。身為粉絲，當然想看到喜歡的人最帥的那一面啊。」

就在天音不滿地鼓起臉頰的同時。

他的學生手冊傳來簡訊的通知音。

天音便打開確認。這是負責統整人員的〈小丑〉——平賀玲泉傳來的訊息，上頭寫著：他已經將有栖院送到曉的教師兼教練——華倫斯坦手中，馬上就要到一行人身邊會合。而他會傳這樣的訊息給自己，就代表——

（我果然要臨時代理他整合大家啊。）

天音理解後，便用簡訊通知平賀：接下來要全體一起追蹤刀華放走的史黛菈等人。

「那麼，我們一起去抓公主殿下吧。」

接著天音率領曉成員一行人，開始追蹤史黛菈與葉暮姊妹。

◆◇◆◇◆

就在同一時間，展開行動的人不只是破軍和曉的學生而已。

「可惡！太衰了！為什麼偏偏是今天飛機會停駛啊！」

豔麗的和服女子憤怒地破口大罵。

那是破軍的臨時教師〈夜叉姬〉西京寧音。

「是啊。」

破軍理事長〈世界時鐘〉新宮寺黑乃出聲回應，並且在她身旁快步奔走。

兩人在這一星期內，因為各自的工作待在七星劍武祭舉行地點——大阪。但就在稍早，留守破軍的教師們傳來破軍遭受襲擊的通報後，兩人緊急返回東京。

但是東京與大阪之間最快的交通工具——飛機卻因為跑道異常而停駛。

兩人實在沒辦法，只好奔跑在東海道新幹線的軌道上，朝著東京飛奔而去。
兩人使用各自的能力奔跑，可能比坐新幹線還要快上許多。
「……又或者是，正因為是今天才會停駛。」
「別說出來啊。妾身最討厭思考那種麻煩事。」
西京聽見黑乃的說法，頓時一臉厭惡。
黑乃與西京兩人現階段手邊都沒有什麼有用的情報。
她們所知道的，只有各校的代表生們忽然聚集起來，一起襲擊破軍。
兩人始終參不透這件事的真相。
但即使如此，兩人依舊感受到了。
這麼重大的襲擊事件，卻沒有任何新聞報導。以及飛機突然停駛。
這突如其來的襲擊背後，肯定與非常龐大的計畫有關。兩人都感受到這樣的氣息。
「算了，不論如何，我們到了之後就能了解一切了。為此——」
就算快上一秒也好。
這句話語化作雙腳的力量，更加驅動著兩人……就在這個瞬間。
「「————————!!」」

兩人疾速奔馳的雙腳，忽然像是被陣風猛力吹襲般停了下來。

——實際上根本沒有風，海面風平浪靜。

但這兩名世界級的騎士臉上，竟然布滿淺顯易見的動搖與狼狽。

雙腳微微顫抖，額上的汗滴更是異常的多。

沒錯……讓兩人停下腳步的，並不是風。

她們感受到從遠方傳來的，那股脫離常軌的劍氣。

那股存在感明明是位於遙遠朦朧的地平線另一端，卻宛如自己喉嚨上架著刀刃似的。

兩人都是優秀的騎士。正因為如此她們才能感受到這股威脅，更因此退縮。

——前往那個方向太危險了。

心中敲響的本能警鐘使兩人慢下腳步。

「剛、剛才那股劍氣，該不會……」

「喂、喂喂喂，不會吧。**那群小賊裡面混了個不得了的人物啊……！**」

兩人很清楚。

這股非比尋常的劍氣。

這個世界上擁有這種壓迫感的人，只有一個。

「劍氣只出現一瞬間而已。應該只是威嚇罷了……寧音，我們快走！」

「知、知道了啦！」

兩人面色發青，不顧身體的負荷，使盡全速奔向東京。

（倘若這股劍氣代表「她」產生了興趣，那麼對象——應該是黑鐵！）

黑乃推測遙遠的地平線彼方發生的現狀，默默祈禱著。

（黑鐵，不要衝動！那個領域(Stage)對你來說還太早了啊！）

◆◇◆◇◆

——這股壓迫感彷彿從天而降似地忽然襲來。

一輝聽從珠雫的導航，騎著機車奔馳許久。

他們離開人聲鼎沸的都市地區，駛過山路，來到深山處。

曉學園總部就靜靜地佇立在此。

一輝騎著機車駛進這宛如廢屋般寂寥的場所，就在這個瞬間。

「～～～～～～～～～～～～～～～～!?!?」

突如其來的壓迫感，五臟六腑彷彿即將被壓個粉碎。一輝顧不得輪胎打滑，直接緊急煞車。

「哥、哥哥!?發、發生什麼事了!?」

一輝的緊急煞車也嚇得珠雫驚呼出聲。

她還沒感覺到。
珠雫做為武術家，程度還不到家。
但是一輝已經理解了。
自己就在剛才——踏進了這超越常人的領域之中。
「…………」
一輝甚至沒有餘力回答珠雫。
這股恐懼彷彿要將一輝凍住。一輝強壓下心中的恐懼，穩住呼吸，接著右手顯現出〈陰鐵〉，仰望空中。
就在曉學園校舍大樓屋頂。
純白的光輝閃耀在那高處之上。
那是月光？不，太過潔白了。這股純白的光輝映照著黑夜，形成人類的外型。
一名女性雙手握持雙劍，輕輕垂下。她的外貌宛如歐洲傳說中的女武神(Walküre)。
「敵人!?」
珠雫沿著一輝的視線看去，才終於發現了她的存在。
她立刻跳下地面，舉起〈宵時雨〉。但是——
「————」
潔白耀眼的人影並未對珠雫有任何反應。
那對動人的雙眸，筆直凝視著一輝。

「…………」

一輝立刻就發現了她的視線……接著做好覺悟。

「珠雫，艾莉絲就在這所學園裡沒錯吧？」

「咦？啊、沒錯。就在這裡。」

「那麼妳一個人先走吧。這裡有我就夠了。」

「不，這場戰爭是對方先挑起的。沒必要拘泥於一對一——」

「拜託妳，珠雫。快走吧。」

一輝的嗓音異常強硬，彷彿將珠雫一把推開。

「哥、哥？」

珠雫聽見兄長的語氣忽然語帶不祥，便看向他的神情……倒抽了一口氣。

一輝的表情前所未有的凝重。

「這個敵人、有這麼……？」

「……大概吧。」

「那既然如此，更要兩個人一起——」

「不。」

珠雫依舊堅持一起戰鬥，但一輝卻搖了搖頭。

「我說過了吧。我會陪珠雫走這一遭，盡力幫助妳，我就是做好這樣的覺悟。如果妳沒辦法達成妳的期望，我這一趟算是白跑了。妳不快點趕去艾莉絲那邊，恐怕

會為時已晚。所以這邊就交給我吧。」

一輝態度依舊強硬。

珠雫經過這番問答，終於理解一輝的意思。

一輝的言下之意。

──珠雫如果繼續待在這裡，我可能沒辦法保護妳。

那名純白女子就是如此強悍。

「……我明白了。」

珠雫知曉了一輝的深意，便點了點頭，接著──

「哥哥，**這裡就拜託您了**」

她將這個戰場託付給兄長，獨自進入曉學園校舍大樓當中。

純白女子並不打算阻止珠雫。

她和方才一樣，依舊注視著留下來的一輝。

「妳願意讓珠雫過去啊。」

「是，反正華倫斯坦爵士也在裡頭。而且，不論是在此一起打倒兩人，或是先解決你之後再追上去，時間上並沒有什麼差別。」

她回應的嗓音有如歌曲一般典雅美妙，迴盪在黑夜之中。

一輝對此，則是——

「的確，對妳來說的確是如此。」

彷彿呻吟似地擠出話語。

（……失策啊。既然他們自稱學園，總部裡應該會有教師級的人物。雖然我早就想到這點……）

學生已經是那種等級了，教師應該至少也有A級。一輝早就做好覺悟了。

（——不過這個程咬金還真是預料之外啊……）

沒錯。

一輝知道她。

這名潔白的女武神是何人——

「凡是志在劍之道者，妳的稱號無人不知無人不曉。

神聖潔白的裝束，以及宛如羽翼的雙劍。

由於實力太過強悍，〈聯盟〉甚至直接放棄『追捕』，妳這位『世上最邪惡的犯罪者』。

而同時……也是一切劍之道的盡頭。聳立於此道頂點的『世界最強劍士』。

——〈比翼〉愛德懷斯，就是妳，沒錯吧？」

「正是。我的通稱的確就是〈比翼〉。」

女子肯定一輝的疑問，接著露出有些訝異的神情。

「但你也真是奇怪呢。既然你已知曉我的真實身分，為何還要拔劍？以你的程度，不用過招就能知道你與我的力量差距過大。若非如此，你也不會感到這般膽怯。」

「……我還逞強打算裝作沒這回事，沒想到還是被看穿了。」

女子戳破了自身的怯懦，這令一輝只能在內心乾笑兩聲。

說實話，一輝自己也很清楚。

（是啊，她說得沒錯……我這不過是莽夫之勇罷了。）

他知道。

正因為一輝是優秀的劍士，他更是清楚，敵我之間的實力差別究竟多麼龐大。

──贏不了。

這也是理所當然的。站在眼前的人可是貨真價實的──「世界最強」。

七星之頂和她相比，根本是雲泥之別。

或許一輝還要再修煉數年、數十年，不眠不休地鍛鍊自己，在劍之道上窮盡一生。到那個時候，他才能與眼前的敵人並駕齊驅，才有資格與之為敵……

但至少在現在，在這個時間點，兩人的等級相差太多，自己根本不該與她為敵。

他們相遇得太早了。一輝對她來說，根本不堪一擊。

〈比翼〉──**她是特意坦白地說出來**。

她給了一輝回頭的機會。

一輝也察覺到這點。

（這個人很善良呢。）

若是一輝現在直接離開，她或許會放他一馬。

真的很善良。

（但是我可不能乖乖聽她的話，就這樣夾著尾巴逃走。）

一輝的確很害怕。

一輝光是感受到她的視線，背脊已經是冷汗淋漓。

牙齒亂顫，雙腳不停地發抖。

一輝有生以來，第一次**如此害怕戰鬥**。

但他心中還有戰勝恐懼的理由。他有必要繼續停留在此！所以——

「…………真意外。」

一輝拚了命地鼓起勇氣，擠出笑容。

「妳貴為世界最強的劍士，竟然質疑已經拔劍的敵人是否有戰意啊。」

他舉起有如烏鴉羽翼一般漆黑的刀尖，指向純白的劍士。

連同他心中明確的敵意，一起傳達給她。

純白的騎士見狀，則是靜靜點了點頭。

「——的確，這問題是多餘的。」

她的這句話，等同於扣下了扳機。

「我並非這椿陰謀的成員，和你也並非有何私怨。但既然在借住之地發現賊人，我無法坐視不管。」

純白的劍士從高聳的校舍上輕輕躍下，落地之時沒有一絲聲響。

她彷彿是以拍動羽翼，優雅地降臨在此——

「……！」

當她著地的瞬間，一輝感受到強烈的恐懼，他的心臟彷彿即將爆發。

他的全身、本能、靈魂，彷彿聲嘶力竭地哭喊著。

快逃。

快逃。

拜託你，快點逃走。

不然　你會　死在這裡——

但他依舊咬緊牙根，正面面對這股壓迫感。於是——

「吾為遙不可及之巔頂與終末，以雙劍開天闢地之人。

吾名為〈比翼〉愛德懷斯。

稚嫩的少年啊，汝將親身領悟世界的寬廣。」

〈落第騎士〉黑鐵一輝，與世界最強的劍士〈比翼〉愛德懷斯展開激戰。

◆◇◆◇◆

另一方面，當一輝與愛德懷斯的戰鬥正式展開的同時——

「…………」

有栖院受到天音的〈幻想型態〉打擊，終於醒了過來。

（這裡是……）

有栖院的意識逐漸清晰，他也在途中分析自己的狀況。

眼前是高聳的天花板與燈光，從空氣流動的聲響來看，他應該是倒在相當遼闊的空間中。

而在這個季節裡，從這股直搗骨髓的冷氣判斷，這裡應該是地底下。

「醒了嗎？」

「！」

這句說話聲差點令有栖院跳了起來，接著他便發現了。

（手腳被綁住了……）

而這不是普通的繩索。

這條繩索是由〈小丑〉平賀玲泉的〈地獄蜘蛛絲〉，他那有如鋼琴線般的魔力細絲編織而成。

「蠢貨。」

人影見到有栖院宛如毛蟲般使勁掙扎，不屑地低語著。

有栖院抬頭望著人影，他非常熟悉那名中年男子的樣貌。

「華倫斯坦……」

下一秒，中年男子——華倫斯坦的靴尖狠狠踹進有栖院的心窩。

「咕噗！」

「是華倫斯坦老師。」

這股像是刨出內臟般的痛楚，讓有栖院完全清醒過來。

他也因此肯定了。

（人家失敗了啊。）

他們竟然事前就看穿自己會背叛，並且做好對策了。

但不可思議的是，有栖院不記得自己有犯下什麼錯誤，會被他們抓住小辮子。

「…………你們、為什麼知道、人家會背叛？」

「只因為這裡有人的能力可以做到這種事，如此罷了。」

「……原來如此。」

華倫斯坦的一句話，有栖院立刻接受了。

只有伐刀者，才能將不可能化為可能。

組織裡會有這種人一點都不奇怪。

（……沒有掌握成員的詳細資料，果然很吃虧啊。）

不過現在後悔也來不及了。

「我一開始聽到他們的『預言』，還以為是我聽錯了。你在成員中比誰都還要忠實、還要順從我們……這樣的你，竟然會背叛我們。」

「……你們還真看得起人家啊。」

「當然了，相中你的人可是我啊。我很希望這只是場騙局，希望這只是一場誤會。我很相信你，直到今天的最後一刻……都一直信任著你。但是、為什麼……」

華倫斯坦的口氣漸漸顫抖，接著忽然激動起來。

「為什麼、為什麼！為什麼!!為什麼你要背叛我的期待——!!」

「嘎！咕唔！」

在這個曉學園地下訓練場中，華倫斯坦憤怒無比，一次又一次踹向倒在地板上的有栖院。

「你明明很清楚！你深知這一切不是嗎？在這個虛偽無比的世界裡，去愛任何事物都只會得到空虛！這一切我都告訴過你了！為什麼你還要犯下同樣的過錯！你不是已經捨棄一切了！你不是和我們一樣，察覺到這個真相了嗎！」

「嘎哈、咳！呃、喝！」

骨頭碎裂，可能已經傷到內臟。

有栖院嘔出漆黑的血液。

但是華倫斯坦依舊沒有停止暴行。

華倫斯坦心中灼熱的憤慨，一次又一次毆打著有栖院。

正因為華倫斯坦深知有栖院的過去，他才不能理解。

為什麼自己相中的這名天才，再次抗拒了那股「力量」，做出這樣的蠢事？

「你到底是為了什麼？給我說……！」

華倫斯坦停下腳，氣喘吁吁地質問道。

而有栖院——脣邊滴著血，彷彿自嘲般地笑著。

「……是啊，沒錯。我曾經是這麼打算的。」

有栖院是這麼認為的。

自己在失去尤利等人之後，就捨棄了一切。

因此他才向華倫斯坦索求大筆的金錢。

這筆錢足夠養育妹妹們長大成人。他將這筆錢託給修女，和他們完全斷絕來往。

但是——他將錢交給修女，告訴她自己已經殺光黑手黨，並且把自己賣給他人，之後將會成為殺手活下去。此時，修女忽然從教會裡的雜物間中，取出那個綠色酒瓶，交給了有栖院。

她當時淚流滿面地這麼說著：

『把這個帶走吧。這對現在的你來說，才是真正需要的東西。

然後在未來的某一天，希望你能再次想起來。

你和尤利曾經對著這瓶酒發誓。你要找回那個高貴的自己——』

他本來不想帶走這種東西的。

他跟尤利不曾被他人疼愛，被他人守護。但他們成長之後，仍然想要愛護他人，成為守護他人的人。這瓶酒是這個夢想的殘骸，他一點都不想再看到它。

他本來打算捨棄一切，跟隨在華倫斯坦身邊。

為了憎恨這世上的一切。

「但是到最後——人家還是捨棄不了。」

不管他再怎麼想捨棄身為人的良知，墮落為殺手，他依舊沒有放開這個瓶子。

而他就帶著這個瓶子，與她相遇了。

她讓有栖院再次想賭上一切，守護這名少女。

「直到人家遇見珠雫，人家才終於回想起來，自己到底想成為什麼樣的大人。即使我再怎麼自暴自棄，再怎麼扭曲自己，再怎麼墮落，我依舊沒有放棄自己的心願……」

因此有栖院下定決心。

即使珠雫知道了真正的自己，不肯在此呼喚自己為姊姊，但她讓自己找回了真

正的願望，所以他想守護她的一切！所以──

「人家會守護那孩子的願望！絕不讓你們輕易糟蹋它！」

下一秒，有栖院解開束縛，跳起身。

對有栖院這樣一流的殺手來說，這種程度的束縛根本稱不上束縛。

他立刻顯現出〈暗黑隱者〉，朝著華倫斯坦的影子──

「廢物。」

正當有栖院打算固定住他的影子。

華倫斯坦再次踢中有栖院的心窩。

他早就事先看穿有栖院的舉動，快速予以反擊。

事實上，華倫斯坦早就知道了。

這種程度的束縛，〈黑影凶手〉可不會輕易束手就擒。

因此他才能先下手為強。

「咯……！」

〈暗黑隱者〉從有栖院手中滑落，他再次倒地。

有栖院的心窩遭到重擊，痛苦地發不出聲音。華倫斯坦俯視著弟子──

「我終於了解你有多麼膚淺……也就是說，你對那女孩產生感情了嗎？」

此時……華倫斯坦忽然露出嗜虐的笑容，令人背脊發寒──

「既然如此，那麼來得**正是時候**。」

他這麼說道。

「咦？」

正是時候。

這是什麼意思？

有栖院正打算開口詢問的瞬間。

地下訓練場的天花板忽然應聲崩塌。

而塌下來的大洞中，一顆巨大的水球掉落在訓練場的地面。

這顆水球即使落在地面，那圓潤的形狀依舊沒有崩毀，維持在半固體狀態。而水球當中——

「珠、珠雫……!?」

出現一名銀髮的嬌小少女。

那是〈深海魔女〉——黑鐵珠雫。

◆◇◆◇◆

「我終於找到妳了，艾莉絲。」

珠雫包覆在水球中，從高聳的天花板上落下。

有栖院見到那道身影的瞬間，他的表情簡直難看到無以復加。

「為、為什麼妳在這裡！人家不是說過要你們拋下人家嗎!?」

「是啊，我聽見了。」

「那為什麼——」

「我不記得我有答應。」

「什……」

珠雫的說法令有栖院頓時語塞。

雖然她的確是沒有答應——

（為什麼……）

「人家是殺人凶手喔？人家還一直欺騙著珠雫啊？」

有栖院腦中浮現了那一天的景象。

弟妹們盯著渾身染血的自己，臉蛋上布滿驚恐與退縮。

自己是醜陋的殺人凶手。

根本不值得珠雫來救。

「可是，為什麼……」

有栖院神情痛苦地問道。

而珠雫只答了一句——

「當然是因為，艾莉絲對我來說很重要啊。」

直率地、毫不畏懼、不帶一絲鄙夷——

珠雫即使知道有栖院的一切，那雙滿是親愛的翠綠眼眸依舊沒有任何改變。她凝視著有栖院，這麼回答著：

「不管艾莉絲有什麼祕密。

不管艾莉絲過去犯下什麼樣的罪行。

在我的心目中，艾莉絲永遠都是很時髦，很帥氣的人。和妳待在一起總是非常安心，梳妝的技巧也很棒，總是認真地聆聽我的煩惱，陪我一起煩惱，鼓勵著我……妳也為了我和我重要的人們而戰。妳是我唯一一個最重要的朋友。**這就是我心目中的艾莉絲**。

我怎麼可能丟下那樣溫柔的『姊姊』呢？」

「珠、雫……」

「不要以為只有妳單方面重視我。

我也是同樣重視妳。

——我才不會讓這種人帶走妳呢。」

「……」

珠雫毫不動搖的決心，有栖院只能啞口無言。

這股情感滿溢而出，充斥著整個胸口，讓他說不出話來。

他以為會被珠雫討厭。

以為珠雫會像以前的妹妹們一樣，用同樣的眼神看著自己。
但是——珠雫絲毫沒有改變，依舊如此仰慕自己。
這個事實使得有栖院心中再次萌生某種強烈的情感。
他從未期待過，更不能希冀的一個欲望——
（珠雫，人家…………）

「廢話就到此為止。」

但就在瞬間，華倫斯坦重重地踏在有栖院的背上。
「嘎啊！」
背部傳來的衝擊貫穿內臟，有栖院頓時岔了口氣。
有栖院彎起身軀，激烈地咳了起來。
華倫斯坦冷冷地俯視著弟子的身影。
「你就趴在那裡，好好看著背叛我究竟會有什麼下場。」
他在左手顯現出巨劍，緩緩邁開步伐走向珠雫。
有栖院此時已經理解了，他剛才那句「來得正好」是什麼意思。
他打算殺了她。
他打算在自己眼前——殺了珠雫。

「住、手……………呃咳！」

有栖院想出聲阻止，但橫膈膜痙攣不已，實在說不出話來。

因此他只能在心中默念著。

（珠雫，快逃啊……！）

他當華倫斯坦的徒弟可不是當假的。

有栖院很清楚。

華倫斯坦雖然只有獨腕，但他依舊被尊稱為〈劍聖〉，他真正的實力不容小覷。

〈獨腕劍聖〉的伐刀絕技攻守並進，無人能出其右。

（妳的水之力在這個男人面前形同虛設！所以快趁現在逃走啊！）

但他就算拚了命祈禱，也傳達不到珠雫耳中。

不，即使傳達到了，珠雫也聽不進去。

珠雫也是做好覺悟才來到這裡。

她絲毫不見退意，面對踱步而來的華倫斯坦，她出聲問道：

「看你的樣子，你就是大哥他們的老大？」

「我是〈解放軍〉的華倫斯坦。」

「我對你的名字沒有興趣。把艾莉絲還給我，我的要求只有這個。」

「妳覺得我會傻傻的把他還給妳嗎？」

「不覺得，我只是問問看而已。這樣一來——

我要是不小心殺掉你，就有個藉口用了。」

珠雫說完，便彷彿指揮棒一般揮動水球中的〈宵時雨〉。

而包裹在她周遭的水球彷彿呼應她的動作，化為巨大的水鞭。

水鞭前端聚集了特別多的水量，接著逐漸凍結。

最後尖端形成附有尖刺的鎚子形狀。珠雫便朝著華倫斯坦重重揮下冰槌！

◆◇◆◇◆

冰槌毫不留情地擊碎訓練場的地面，地面頓時發出巨響，掀起了大片塵埃。

不過——

「小妞，妳的個性還真差啊。」

冰槌落下的地點偏離了華倫斯坦些許。

華倫斯坦仍舊毫髮無傷，繼續緩慢走向珠雫。

那道冰槌要是命中人類，恐怕會整個人灰飛煙滅。

珠雫嘴巴上嚷著要殺了對方，不過她最後還是猶豫了？

——答案是否定的。正因為是珠雫，這才不可能。

在一輝這群人當中，她是最冷酷也最不會手下留情的人。

珠雫是認真的。

她剛才是帶著殺意揮下冰槌，打算壓死華倫斯坦。

但是冰槌卻偏離了。

（他避開了嗎？）

華倫斯坦似乎沒有移動。

但是自己的魔力控制可說是人類中的最高水準，不可能會錯失目標。

那麼就是某種能力發揮作用了。

珠雫思考至此——

（……算了，那也沒關係。）

雖然不知道他是耍了什麼把戲。

「〈凍土平原〉。」

只要為敵人準備了滿山滿谷的彈雨，就算他再怎麼會閃也閃避不了。

珠雫這麼思索完，首先凍結了整個空間的地板。

確實削減敵人的機動力，緊接而來——

「〈血風慘雨〉。」

包覆在珠雫周遭的巨大水球，忽然變化為刺蝟般的外型。

「萬箭齊發！」

水針甚至沒有瞄準目標，便彷彿機關槍一般往四面八方掃射。

水球以高壓在一秒內射出數萬發水彈，貫穿、刨開了戰場各處。

而她現在使用的水量，和日前與〈雷切〉作戰時相比，簡直是天差地遠。

但這也是理所當然的。

〈雷切〉是雷術士，正好克制了水術士的珠雫，因此珠雫使用的水全部都必須經過絕緣處理，化為純水才行。

因此她每次能使用的水量有限。

但是現在沒有這種限制。

珠雫現在能使用的水量，是〈雷切〉戰時的數百倍。

就算她將曉學園地下訓練場的地面、牆壁、天花板——全部打成蜂窩也綽綽有餘！

壓制砲擊的密度有如槍林彈雨。

而這個地下訓練場是個密閉空間，敵人絕對無處可躲。

華倫斯坦必定會暴露在槍林彈雨之下——

而就如珠雫所想，〈血風慘雨〉的大批水彈確實直接擊中了華倫斯坦。

「——!?」

但即使如此。

華倫斯坦依舊沒有停下腳步。

他不但沒有被打成絞肉，甚至漫步在這彈雨之間，步伐悠然自得，沒有一絲凌亂。

是的，他就漫步在這**結冰的地板**上。

（這是怎麼回事？〈凍土平原〉和〈血風慘雨〉絲毫沒有發揮效果!?）

周遭的一切化作瓦礫，掀起了大片塵霧。

華倫斯坦卻毫髮無傷。

不、不只如此。他身上的衣物甚至不見任何一處被水打溼的痕跡。

到底是怎麼回事？

珠雫不免心生疑惑。

而華倫斯坦面對困惑的珠雫，低聲笑道：

「真可惜啊。要不是和妳有私怨，我甚至想收妳為徒了。這也是命運作弄吧。」

他走到珠雫前方十公尺左右，接著將左手握持的巨劍抬舉至肩上。

珠雫一見到他的架勢，忽然渾身一震。

她本能地察覺那個架勢，就是〈獨腕劍聖〉華倫斯坦的**必殺架勢**。

（有什麼要來了！）

珠雫立刻收起〈血風慘雨〉，將包覆自身的水球凍結為冰。

這層冰牆的強度勝過永久凍土，化成冰製城牆。

經由這層媲美要塞的防備，做好萬無一失的防御姿態——

「珠雫──────!!不能防禦─────────!!」

「!?」

剎那之間──

「〈開山斬(Berg schneiden)〉!」

她全力製成的護壁,輕易地被劈開了。

◆◇◆◇◆

世界最強的劍士,愛德懷斯。

〈落第騎士〉黑鐵一輝她,則是立刻──

「喔喔喔喔喔喔喔!」

渾身覆上了激昂的蒼藍光芒。

他發動了伐刀絕技〈一刀修羅〉。

此刻他們甚至尚未揮下任何一刀。

這一招明明只能撐上一分鐘,如此嚴苛的時間限制,一輝為何在面對初次交戰的對手時搶先發動?

答案不言而喻。

——若不這麼做，自己根本不堪一擊。

正因為一輝眼光銳利，才會如此判斷敵我之間的實力差距。

一分鐘。

這就是這場戰鬥，自己對上這名世界最強的**倒數計時**。

而這個判斷也相當正確。

愛德懷斯的斬擊肯定會宛如狂風暴雨般地落下。

一輝面對敵方的起手式，確信自己判斷無誤。

因為當愛德懷斯揮動雙劍的瞬間，自己的雙瞳便錯失了斬擊的走向。

「——!?」

他急忙向後跳去。

而這一剎那，一輝鼻尖的氣流瞬間破開。

彷彿有某種銳利又無法辨識的物體掠過了眼前，微微劃過鼻尖。

空氣中隱約飄過一股焦味，一輝立刻察覺了。

那是斬擊。掠過自己面前，肉眼無法辨識的——正是愛德懷斯的雙劍。

（斬擊——根本看不見！）

這一斬實在太銳利、太過迅速——

她左右雙手一同揮動兩把純白劍刃之時，一輝甚至無法用肉眼捕捉雙劍的殘像。

他只能勉強辨識出劍身以超脫規格的速度擦過氣流，瞬間燃起的一道白光。

（劍招竟然如此俐落……！只要有一絲鬆懈，整顆頭就會被砍飛啊……！）

一輝在此時，首先放棄了戰鬥中的**呼吸**。

因為他是名副其實地，連呼吸的空檔都沒有。

愛德懷斯以雙刀揮出的斬擊有如閃光。他必須動員全身上下的神經去應對它。

他拿出自己手中以最快速度為傲，肉眼不可視之的劍招。

覆以〈一刀修羅〉才能使用的第七祕劍〈雷光〉。一輝將以如雷之速迎擊撲面而來的斬擊。

一劍、兩劍、三劍、四劍——

無法辨識的鋼劍互相交錯，在黑夜中燃起純白的火花。

總計十連斬。

愛德懷斯在一吸一呼之間，揮出一道道無法辨識的連擊；一輝則是藉由愛德懷斯的肢體動作以及視線的移動，去推算劍斬的軌道，擋下一招又一招的斬擊。

雖然一輝撐過了第一招，他卻露出滿滿的驚訝。

（太、太厲害了……！）

承受斬擊的雙手一路麻到肩膀。

她的每一劍都不只是快——更是非常的重。

明明她都是單手出招，一劍的力道更是遠遠重過一輝的〈雷光〉。

為什麼？

一輝早已理解了個中理由。

「唔！」

愛德懷斯的追擊迎面而來，逼得一輝再次以〈雷光〉應戰。

一輝在這火花四散的鋼鐵交擊之中，確信自己的理解確實是正確的。

（果然……！這個人的一舉一動，完全沒有發出任何「聲音」！）

不論是步伐、斬擊，一切的一切皆是靜謐無聲。

聲音，即是經由空氣的震動產生衝擊，製造出來的波動。

換言之，聲音就等於分散（LOSS）的力量。

但如果能完全控制自身的行動所產生的能量，所有的動作都不花費多餘的力道，會怎麼樣？

以結果而論，所有的動作都會安靜無聲，便能發揮出無限趨近於百分之百的速度與攻擊力。

但這種事已經超越人類的領域了——

而一輝眼前的人物確實將這個不可能化為可能。

一輝理解了個中奧祕，戰慄連同唾沫一同吞了下去。

（這就是世界最強的劍術……！）

她的每一個步伐，每一道劍路，全都是——**超越人類極限**。

一輝完全無法趁隙而入。

但是——

（即使如此，還是不能一味的防守！）

斬擊依舊毫無間斷地襲來。一輝一邊防守，一邊意識到這點。

（〈雷光〉只能勉強跟上她的動作！不論速度或攻擊力都比不上她！要是正面承受攻擊的話，守勢只要五秒就會崩潰！）

因此一輝只能轉從別的切口攻入。

攻擊即是最大的防禦。

一輝雖然不打算囫圇吞棗，但這個想法有一部分是正確的。

即使攻擊無法命中，甚至觸碰不到敵人，但只要能擊潰對手的架勢，這道攻擊就是有意義的。

因此一輝下定決心。

他打算——全力進攻這名世界最強的劍士。

不能有所保留。對方也不是自己能保留實力的對手。

（要將自己手中的所有王牌，全數擊出……！）

下一秒，一輝將決心化為行動。

愛德懷斯的雙劍持續進行高速連擊。

一輝向後跳步，試圖逃離。

愛德懷斯立刻將雙劍交叉成十字（Cross）狀，奮力踏地逼近追上。

以防禦應對前方，同時又可聯繫到下一記十字斬，攻守雙成，毫無破綻。

這是追擊對手最適當的行動——同時也如同一輝所預料的形式。

（行得通！）

一輝面對逐漸逼近的愛德懷斯，同樣上前一步。

接著利用特殊的跳步，急速的緩急交錯，在自身的**前方做出殘影**——

第四祕劍〈蜃氣狼〉。

愛德懷斯即將斬向這道以變幻無窮的步伐產生的幻影。

交錯的刀身左右同時切割。

但既然對象只是幻影，刀刃就會落空。最後——

（胸口便會空隙大開！）

一輝心中一喜，舉起〈陰鐵〉，踏進——

「！」

剎那之間，一輝急忙拉回身體。

就在剛才那個瞬間，一道肉眼無法察覺的斬擊劃過了一輝的頭部位置。

（不行！她的回擊比我前進的速度還快！這樣來不及中斷她的攻勢！）

一輝要是隨意踏進她的攻擊範圍，恐怕現在已經身首異處了。

（不過我才不會因為一兩次失敗就放棄！）

一輝再次轉為攻勢。既然靠速度行不通，就以力量取勝。

以下半身做軸心，扭轉上半身進行蓄力，將自己所有的體重、臂力，一切的力量集中在刀尖進行突擊。這是〈落第騎士〉持有的劍術中，最為強力的突進攻擊──

第一祕劍〈犀擊〉。

這在一輝的劍招之中擁有最強的攻擊力，力道甚至能貫穿巨大的岩石。

穿透力與突進能力無人能比。

即使是愛德懷斯也唯有逃離一途。

但是──這是多麼天真的想法。

「什……！」

下一秒，〈犀擊〉喪失了推進力，無法繼續前進。

為什麼──答案就在聚集〈犀擊〉之力的〈陰鐵〉刀尖。

愛德懷斯竟然只靠著劍尖，擋下了〈犀擊〉。

〈陰鐵〉的刀尖只有針頭大小，她竟然能靠著單手的力道，一分不差地接合彼此的劍尖，阻擋一輝最強的攻擊力──而且她的神情依舊是泰然自若。

「唔……………！」

她的行為一再證實彼此的實力差距。一輝心中不禁閃過一絲動搖。

而愛德懷斯不會放過這絲空隙。

一輝的反應僅是稍微頓了一下，她立刻趁隙而入──

「唔啊⁉」

愛德懷斯的斬擊終於斬裂一輝的皮膚。

傷處是——前額。

更糟糕的是從此處噴出的鮮血，流進一輝的雙眼中。

（視野被……！）

愛德懷斯當然不會錯過這致命的破綻。

她立刻左右雙手並進，使出開頭的瞬間十連斬。

追擊的劍招宛如疾風，揮劍的速度足以點燃氣流，白光閃爍——

「哈啊啊啊啊啊啊啊！」

「⁉」

不過黑鐵一輝仍然能應付這一切。

十劍，每一劍都是殺招，一輝卻能完全將之擊退。

一輝即使被奪走視力，依舊毫不動搖。

為什麼？

因為他早已**不需要用肉眼觀看**！

（即使看不見手臂的揮動，仍然能靠著身體的動作讀出某種程度的「劍路」！）

愛德懷斯的呼吸、劍路、節奏、步伐——

他完美無缺的觀察力，能在戰鬥中得到對手的情報，並且將對手的本質赤裸裸地攤在陽光下。

〈落第騎士〉除了自身的劍術，還持有另外一樣武器——〈完全掌握〉(Perfect Vision)。他就靠著這項武器看穿了愛德懷斯的劍術。

他已經不需要視力了。

即使沒有視力，也能讀出敵人的第二劍、甚至是第三劍！

「很高明呢。」

一輝的感受力已經到達「心眼」的境界。就連大名鼎鼎的世界最強都出聲讚嘆。

但是愛德懷斯依舊沒有放緩攻擊的速度。

愛德懷斯是二刀流，在攻擊次數上占有絕對優勢。她不躲不擋，光明正大地激烈進攻。

她很清楚，即使對方能夠搶先看穿自己的劍路，兩人之間的龐大差距並不會因此縮小。

那麼她不需要耍什麼小聰明。

只需要以速度與力量壓制到最後就夠了。

——她的判斷非常正確。

照這個狀況來看，她不消片刻便能徹底擊潰一輝。

一輝也肯定這個判斷，因此——

（就在此刻決勝負……！）

他還有方法。還有唯一的手段能夠突破現狀。

一輝靠著預知，一再回擊她無聲無息的連擊，同時潛心思考。

愛德懷斯在這場戰鬥中，一次都**沒有退卻**。

她或許會一邊防守一邊前進，但她一次都沒有做出「迴避」。

為什麼？答案很簡單，因為沒有那個必要。

她不需要閃避。

她只需要在攻擊的空檔以單手防禦，便足夠阻止一輝的攻勢。

愛德懷斯靠著手中的劍就能彈開一輝的刀，而且沒有一刀例外。

考量到彼此的實力差距，這也是必然。

因此愛德懷斯不會選擇「迴避」。

（既然如此——）

此處便有活路。

所謂的必然，也就是能輕易預見這樣的狀況！

（要以這一點做基礎，擾亂她的節奏！）

於是一輝使出最後的攻勢。

他以稍強的力道彈開純白的劍刃，稍微暫緩她的下一擊。

趁此空隙強行攻入，由斜下朝上斬去。

〈陰鐵〉的刀刃掠過地面——不，是削過地面後，快速斬向愛德懷斯。

揮動的角度雖大，銳度卻媲美疾風而過。

但即使如此，也依舊傷不了愛德懷斯。

一輝的刀若是媲美疾風，愛德懷斯的劍便是宛如閃光。

這一刀肯定會被接下。

但是——這也沒關係。

因為這一招**就是要對方承受下來才有意義**。

對手擋住〈陰鐵〉的瞬間，一輝便能利用全身肌腱，將衝擊波從腳尖引導到指尖，最後灌入敵人體內。

人體幾乎是由水構成的，說直接點就是裝滿水的肉製皮袋。

因此人體承受不了震動。

某一種震動能夠輕易在人體內產生波紋，從內部破壞整個人體。

舉例來說，中國拳法中的滲透勁便是運用這種原理的一種技術。

而一輝便是以刀刃來擊出滲透勁。

以鎧甲承受，便能傷及內臟；以劍刃承受，便能傷到握住劍柄的雙手。

讓震動透過刀身，使其確實抵達人體內，將之破壞殆盡。這就是蘊含劇毒的一刀——

第六祕劍〈毒蛾之刃〉。

她以彼此的實力差距為鑑，認定不需要進行迴避。

愛德懷斯的行動，代表她是正確評判自己與一輝的差距。

這一招祕劍必須在對手**承受**住攻擊的情況下，才能有效發揮它的力量。而現在正發揮它力量的時候！

正如一輝所預期的，愛德懷斯毫不遲疑地……

──以純白劍身接住這含有劇毒的一刀！

即使愛德懷斯貴為世界最強的劍士，她終究是個人類。

她的身體構造和一輝沒有什麼不同。

既然如此，她面對這記劇毒肯定無計可施！

一輝鼓動全身肌肉產生衝擊波，接著灌入愛德懷斯的純白劍刃──

下一秒，一輝的全身鮮血迸發。

「咦……」

全身各處的皮膚、肌肉裂開，血液飛散在空中。

為什麼？

一輝立刻察覺了答案。

很簡單。

愛德懷斯剛才做了跟一輝一模一樣的事。

——而且她的速度與破壞力比一輝更上一層樓。

最後，一輝灌進愛德懷斯體內的衝擊波遭到抵銷，餘波逆流回來，破壞了一輝的身體。

「————」

一輝以為他看穿了愛德懷斯的劍。

一切都是他的妄想。

愛德懷斯只是刻意讓他看穿而已。

他仍然在愛德懷斯的掌心打轉。

這個事實化為陰寒的戰慄，冷得一輝全身顫抖。

（她竟然是、如此的……）

即使一輝費盡全力，賭上所有的技術，絞盡腦汁使盡所有策略……

——竟然連她的衣角都碰不到。

（世界的頂端、竟然是如此高大、如此遙遠……！）

一輝以自身為尺，試探著眼前的她，但她深不見底的強大卻令他驚愕。

於是下一秒，一切的終結到來了。

一輝已經失去所有攻擊手段。愛德懷斯揮動右側劍刃——

純白劍刃在肉眼不可視的領域之中展翅翱翔，一輝連同〈陰鐵〉的刀身一同斬斷。

「啊……」

一輝身上的傷口並不深。

但靈裝等同於靈魂的結晶。靈裝遭到破壞的一輝，他的意識伴隨著身軀緩緩墜落。

愛德懷斯不打算趕盡殺絕。

她知道，已經沒有那個必要了。

她認為戰鬥已經結束，視線便從一輝身上移——

「唔、啊、啊啊啊啊啊啊啊啊啊啊啊啊啊——!!」

「!?」

就在一輝的身體即將倒地的剎那。

一輝竟擠出渾身的力氣，抗拒著敗北的結局。

一輝抓住〈陰鐵〉慘遭擊碎、飛舞在空中的刀身——

「喔、喔喔喔喔喔喔喔喔喔喔喔喔！」

再次斬向愛德懷斯。

純白劍刃輕易地擋下這一刀。

「……還要繼續嗎？」

一輝的舉動，在愛德懷斯心中留下一絲動搖。

她凝視著眼前這名劍士。他已經握著靈魂結晶的碎片，呼吸急促，但是他依舊堅持阻擋在自己身前。愛德懷斯開口問道：

「勝負已分曉。你我的力量，差距甚至大到不可能出現任何巧合。靈魂結晶的刀刃慘遭擊碎，意識朦朧。你的身體已經無法戰鬥了。但你為何還要阻擾我？

我不希望隨意傷害一個孩子。

不論是你，或是你的妹妹，我一開始就不打算下殺手。反倒是你要是一直拖住我的腳步，反而讓你的妹妹暴露在危險之中。華倫斯坦爵士不會因為對手是小孩，就手下留情。

……這一點，你也很清楚不是嗎？」

一輝氣喘吁吁地點頭。

「是啊……我很、清楚…………妳其實很善良。」

「那麼，為什麼？」

「……因為珠雫不希望這樣。」

一輝的意識彷彿隨時都會陷落。他以意志強行撐住，模糊的視線筆直回視愛德懷斯，開口答道。

自己不願讓開的理由。

「要是讓妳通過……珠雫或許會得救。但是卻救不了艾莉絲！」

「──那名少年已是黑暗世界的罪人。會有此末路，無可奈何。」

「或許是如此，但是珠雫不希望這個結局成真。正因為她不希望，才會來到這裡！而我跟她約好，要奉陪到底！」

所以──

「我死也不讓！」

愛德懷斯聞言，清秀的臉孔頓時皺起。

「死也不讓嗎？你的生命並不是如此輕如鴻毛。我與你交戰後就能理解，你內心的渴望與野心是多麼強大。你有夢想，有心愛之人。但你卻說即使在此喪命也不足惜？」

她困惑地問道。一輝則是回以淡淡的微笑。

「……這是、第一次。」

「第一次？」

「是啊……珠雫第一次、依賴我。」

一輝回想著自己與珠雫的關係，編織著話語。

「我一直讓她擔心。至今為止，我甚至沒有好好為她做過一點哥哥該做的事。但是那孩子依舊當我是兄長，那樣的仰慕我、愛著我。而這樣的妹妹就在今天，**第一次為了自己的心願依賴我了**。」

她將自己的心願，託付給這麼不稱職的哥哥。

「要讓我賭上性命，這個理由就十分足夠了……！」

所以他不退讓，絕對不會從這裡退開。

她是個好妹妹，一直支撐著自己，好得配不上一輝這樣的兄長。而為了她唯一的心願——

不賭上這條命，算什麼哥哥！

「我以我的最弱（最強），阻擋妳的最強——！」

只要他還有命在，絕對不會讓開。

一輝強悍的意志與決心支撐著他，使他繼續阻擋在愛德懷斯面前。

而他堅強的決心透過瞳中的光芒，傳達給愛德懷斯。

（他的意志是多麼的強大啊。這是一名剛成年不久的少年，所擁有的眼神嗎？）

她屏息凝氣。

如此強大的力量，如此雄厚的野心。

他擁有這一切，更擁有高潔的靈魂，讓他願意為他人賭上性命。

（他竟能如此地打動我。已經許久不曾遇見這樣的人了。）

「少年，能告訴我你的名字嗎？」

「……黑鐵一輝。」

「黑鐵──讓我為至今為止的無禮致上歉意，**年輕的武士**啊。」

愛德懷斯語畢，輕盈地向後跳躍。

她大大拉開與一輝之間的距離──

「你並不是需要受人庇護的孩子。

你是一個男人、一名劍士，值得我以劍士的身分全力以赴。

因此……我將以這把世界最強的劍，徹底擊敗這名劍士。

今夜，『世界最強的劍士』將會第一次拿出**真本領**。」

而在這瞬間，愛德懷斯的身軀，迸發至今無法比擬的「劍氣」。

這股劍氣猶如光之暴風。

沙塵紛飛，樹木吱呀作響，周遭所有窗戶的玻璃頓時粉碎四散。

她只是一名人類。區區人身大小，竟然能散發出如此難以形容的巨大存在感。

〈比翼〉愛德懷斯展開左右手中的羽翼之劍——

「覺悟吧。」

躍起飛翔。

眼前之人並非尚須庇護的幼童，而是必須以禮相待的劍士。她承認了他，因此她邁步向前——

為了確實斷送敵人的性命——！

「————————!!」

四周一片混亂，而一輝在這其中，確實感受到了。

死神的腳步聲，以及刀刃的銳利氣息。她即將前來斬斷自己的未來。

他若是無法抵擋，唯有死路一條——

但是現下的狀況卻與方才大不相同。

直到剛才為止，對方都是手下留情，讓一輝在自己的手上舞動著，但是現在卻不一樣。

認真起來的愛德懷斯快速逼近。她的速度和方才相比，有過之而無不及。

不只是劍路，甚至連愛德懷斯自身都化作閃光——

雙方的交鋒無聲無息，在這剎那中的剎那，一切都結束了。

良久，血霧噴灑於黑夜之中。

黑鐵一輝不發一語——他這一次終於真正倒落在地。

◆◇◆◇◆

要是她的判斷出現任何一絲遲疑，這條命已經沒了。

珠雫不禁倒抽一口氣。

（好險，要不是艾莉絲出聲警告……）

恐怕不是一隻手就能了結的。

「嗚唔……」

她的左手腕到上臂部分慘遭斬斷。

手臂切口的劇痛直上腦髓，幾乎要麻痺全身的神經。

但她沒時間哀號。眼前的敵人斬碎了珠雫的冰之要塞之後，再次擺出殺招的架勢。

「〈白夜結界〉!!」

「唔!?」

珠雫的判斷相當適當。

她立刻汽化四周的水分，以煙霧遮蔽華倫斯坦的視線，隱藏自己的身影。

並且趁著華倫斯坦漏看自己的瞬間，凍住左腕的傷口，止住出血——接著快步奔跑。

她繞過華倫斯坦，穿過〈白夜結界〉的煙霧，來到唯一沒有留下〈血風慘雨〉彈痕的地方，也就是有栖院的身邊。

敵人的斬擊能輕易斬開任何防護壁。

敵人的防禦能讓他漫步在槍林彈雨之中。

再加上，他的步伐完全不受〈凍土平原〉影響。

（倘若那個男人的能力就如同我的料想，那他的能力確實近乎最強。）

她沒辦法繼續和他戰鬥了。

所以珠雫選擇盡快帶著有栖院逃出生天。

但是——

「東奔西竄的……盡耍些小聰明啊。」

霧中的華倫斯坦說完，便將巨劍刺入地面。

「唔……!?」

珠雫頓時腳下一滑，摔倒在地。

她立刻想爬起身，但是卻一再滑倒。

（爬不起來……!?）

她是因為自己設下的〈凍土平原〉，才不斷滑倒在冰地上嗎？

不。

〈凍土平原〉是珠雫自己的能力。

這能力並不會影響到珠雫的行動。

更別說珠雫擁有一流的魔力控制，不可能發生這種狀況。

那麼，到底是為什麼——答案只有一個，有別的力量產生作用了。

「這是…………！」

沒有錯。

珠雫能肯定，心中的預感已經成真，便詢問漸漸從霧中現出身影的華倫斯坦。

「你消除了我和地面的『摩擦力』……！」

「妳察覺得真快啊，就是如此。」

華倫斯坦緩緩走向珠雫，一邊開口回答。

「打擊、斬擊、槍擊。存在於這世界中的所有力量，都和摩擦力息息相關。不論威力多麼強大的子彈，只要彈著點沒有產生摩擦，它的穿透力就會失效，從目標身上滑開。而只要將摩擦利用在攻擊上，便會化作無敵的刀刃，能夠在所有物質的分子之間通行無阻。」

攻為名劍，守為神盾，全都在於它能操作一切力量的基礎——「摩擦」。

「——這就是我——〈獨腕劍聖〉華倫斯坦的能力。」

而華倫斯坦終於走到珠雫面前——

「珠、珠雫！快逃啊────────!!」

有栖院慘叫出聲。華倫斯坦就在他的眼前──

將銀髮少女的軀體攔腰斬斷。

「啊───」

上半身從腰部脫離，啪搭一聲，落在結冰的地面上。

頓時血流如注，內臟橫流。

有栖院見到這般絕望的情景──

「不、不要啊啊啊啊啊啊啊啊啊啊啊啊啊啊啊───!!」

有栖院的慘叫響徹天際。

◆◇◆◇◆

「……」

愛德懷斯一刀擊敗了黑鐵一輝。

但是勝者的神情……卻染滿了驚訝。

她回想起勝負的一瞬間。

刀光劍影交錯的剎那，發生了難以置信的事。

黑鐵一輝面對世界最強的劍士，他在那轉瞬之間……

——竟然自己主動攻過來。

這把世界最強之劍彷彿至今都未開鋒，手下留情到了極點。如今一輝面對拿出真本領的她，卻沒有一絲畏懼。

愛德懷斯認真要奪走一輝的性命，**因此向前踏出了那一步**，反而產生細針般的破綻。而一輝則是瞄準那道破綻，全力刺入最後一刀。

他直到最後的最後，依舊是為了勝過愛德懷斯。

這鋒利至極的刀，即使是愛德懷斯，也非得一瞬間做出完全的守勢。以結果而論——她的劍產生瞬間的滯鈍。

原本踏出這一步是為了奪命，卻因退卻而縮回了腳。

因此，愛德懷斯**無法完全摧毀**黑鐵一輝的靈魂。

(而且他最後展現出來的刀法，的確是——………)

「……沒想到你竟然是如此出色。」

愛德懷斯來到朝天仰躺的一輝身邊，純白的劍刃輕輕靠在他的頸部。

接著，淡淡一笑。

「要是我再對倒下的你出手，反而是我該感到羞恥呢。」

就在此時。

「黑、黑鐵！」

愛德懷斯看向聲音的來源，出現在那裡的人——

「……那是〈世界時鐘〉。」

「愛德懷斯、啊、妳這傢伙竟敢————!!」

〈世界時鐘〉新宮寺黑乃跳過高牆直奔而來，並且目睹了一輝倒地不起，渾身染血的畫面。

憤怒促使她拔出自己的靈裝，黑白雙槍的槍口瞄準了愛德懷斯——

「冷靜點。」

「————————!!」

愛德懷斯的雙眸貫穿了她，扣在扳機上的指頭瞬間凍僵。

那股恐懼使得心臟彷彿即將炸裂。

黑乃降落地面，槍口依舊勉強地瞄準愛德懷斯，不過指頭依然動彈不得。

因為黑乃本能地拒絕扣下扳機。

只要她的指頭有些許動作，就代表戰鬥即將展開。而她深知自己絕對贏不了她。

「怪物……！」

「許久不見，妳的問候還是這麼無禮呢。」

相對於黑乃一臉焦躁不安，愛德懷斯則是從容自在地說道。

「放心吧，他還活著。」

「真、真的!?」

「我本來沒打算讓他活著呢。」

愛德懷斯淡淡地苦笑，接著無聲無息地輕躍而起。

她再次移動到曉學園總校舍的屋頂上。

「妳、妳要去哪裡!?」

「我要回去了。我本來就跟此事毫不相干。」

愛德懷斯答道。接著她再次凝視著那名勇於對抗自己的年輕武士。

即將到來的七星劍武祭之中，他肯定要面對一場相當龐大的考驗。

她雖然並非直接參與**這個計畫**，卻知道大致上的內容。

（而你自己或許也**隱約察覺到了**。）

這場即將到來的，命中註定的戰鬥。

阻礙在黑鐵一輝身前的，並非〈烈風劍帝〉或是〈紅蓮皇女〉。

（在不久的將來，**紫乃宮天音**肯定會阻擋在你身前。）

而那場戰鬥肯定殘酷到難以想像的地步。

甚至超越一輝與自己的戰鬥。

她想到這裡——

「〈世界時鐘〉，黑鐵醒過來之後，請幫我轉告他。」

愛德懷斯決定留給〈落第騎士〉一段話語。

「『期望我倆再見之時，能以勁敵稱之。』」

於是，「世界最強的騎士」悄然消失於靛青夜色當中。

「我會轉告他的。」

黑乃望向空無一人的天空，回答了愛德懷斯。接著奔向倒地的一輝身旁。

他身上雖然慘不忍睹……幸好並沒有致命傷。

他一定能得救。

黑乃終於放下心中的大石。

（你做得很好。你和愛德懷斯交鋒後，還能保住一條命就足夠了——）

於是她打算以能力操縱「時間」，治癒一輝的傷口，就在此時——

「…………咦？」

黑乃的視線中發現了不可置信的事物。

愛德懷斯原本站著的地方。

那純白的水泥地面上，留下了——赤紅的斑點。

雖然只有些許數滴，不過那確實是——血跡。

而且並非是一輝留下的，而是數十秒前立於此處之人。

這一切的事實就代表著——

（她受傷了嗎!?成年沒過多久的少年，竟然能夠在世界的頂點身上留下傷口……！）

沒錯，他觸碰到了。

就算只是數滴血液，那道傷口恐怕淺到難以稱作是傷口——

但〈落第騎士〉的刀確實在世界的頂端留下了證據。

「哈、哈哈……你真的是、每次都讓我驚訝不已啊。」

過度的驚喜，讓黑乃興奮得渾身發抖。

「……這男人真是後生可畏啊。」

最後，黑乃立刻開始治療一輝的傷口。

另一方面，再次確認現狀。

黑乃與西京兩人抵達破軍時，現場除了昏厥的破軍學生們以外，一個人都沒有。

因此黑乃利用能力確認現場到底發生過什麼事。最後兵分兩路，由西京前往救助史黛菈一行人，一輝這邊則由黑乃負責。

但是這個現場只有一輝一個人。

珠雫和有栖院在哪裡？

黑乃全神貫注，專心探查著周遭的魔力。

於是——她終於發覺了。

「這是…………！」

在她的正下方——深入地底之處，發生了難以置信的變化。

◆◇◆◇◆

（……………咦、我……）

有如落雷般的龐大衝擊爬遍全身，珠雫一瞬間失去了意識，此時才緩緩醒了過來。

她睜開沉重的眼瞼，看向前方。

珠雫朝天仰躺著。

（艾莉、絲…………）

她的視線顛倒，只見到有栖院倒過來的臉龐，

他淚流滿面，拚命地吶喊著什麼。但是珠雫什麼也聽不見。

突然間，她察覺了異狀，低頭一看。

然後發現了。

自己的腹部不見了。

她終於想了起來。

（對了，我……被劈開、了啊………）
此時全身的知覺才跟上清醒的意識，感覺漸漸恢復。
而這股空虛感也更加強烈。
（下半身，還有內臟幾乎都不見了。）
恐怕都是從切口滑了出來。
這是致命傷，無庸置疑。
珠雫此時才清楚地自覺到，再過數秒，自己就會死。
（真不甘心啊。）
又來了。她又輸了。
和〈雷切〉戰那個時候一樣。
因為沒辦法將對方壓制在遠距離的魔法會戰，最後慘遭劍刃劈砍，敗北了。
（我、真弱啊………）
面對某種程度的強者，自己根本沒能力將對手壓制在距離外。
如今這個事實攤在珠雫眼前，她實在是恨得牙癢癢的。
（如果我死了……哥哥會傷心嗎……）
他一定會很傷心。
不只是兄長，史黛菈、有栖院，還有大家——
現在的自己身邊，有著太多溫柔的人了。

即使自己個性惡劣又不可愛，他們還是會衷心哀悼著自己。

那些情景歷歷在目。所以，珠雫心想。

她不想這樣。

（——那麼，就再努力一下吧。）

自從她敗給〈雷切〉後，她一直在思考。

照自己的能力來看，對方肯定會見縫插針，拉近到刀劍戰的距離。

而自己在那個距離之內，什麼都做不了。

這樣嬌小虛弱的身軀，不可能在近距離取勝。

要想想辦法。

最後，她突發奇想，想出了一個方法可以彌補這個弱點。

但那個方法實在太過離奇，而且風險相當高。她至今未曾嘗試過——

反正這個身體放著不管，幾秒之後就會死去。

她不想有遺憾。

（那就盡自己的全力吧——）

就像她尊敬的兄長平時的作風。

相信自己的力量。

珠雫下定決心，閉上雙眼。於是——

◆◇◆◇◆

「珠雫……珠雫啊……」

有栖院抱起珠雫慘遭砍飛的身軀。

血液與內臟從傷口處汩汩流出，漸漸消逝而去。

她的重量，她的生命，逐漸逝去。

這股失落的感受，令有栖院眼前一片漆黑。

他下定決心，要再次守護重要的妹妹。但是他依舊親眼看著妹妹死去，這股失落感掩蓋了他所有的情感。

不論是對自身的無力感到憤慨。

抑或是對奪走珠雫生命的男人感到憤怒。

他已經什麼都感覺不到了。

他甚至失去了吶喊的力氣。

「這就是你不肯面對的現實。」

華倫斯坦站在有栖院身後，緩緩說道：

「唯有力量才是真實。我是這麼教導你，帶領你進入強者的一方。但是你竟然是如此的無藥可救。」

他的語氣充滿著不耐煩。

或許是見到自己的弟子抱著那已經成了死屍的珠雫，徹底感到失望。

「對目標產生感情的殺手，根本派不上用場，你就死在這裡吧。」

破風之音通過背脊，傳入有栖院的耳中。

那應該是華倫斯坦架起巨劍的聲音。

他一點都不想躲開。

不如說，他甚至想早點解脫。

光是他抱著珠雫的期間，手中的重量便漸漸地消逝而去。

而他深知，這個重量不可能再回來，這股失落感便是強烈到無以復加。

嬌小的身軀一點一滴地變得輕盈。

他的雙手一點一滴地，甚至感受不到她的重量——

（咦……？）

有栖院終於察覺了這個不可思議的現象。

輕到感覺不到重量？

這實在不太可能。

即使流失血液與內臟，人體還是有骨骼，有肌肉。

有栖院察覺這個異狀之後，光芒點亮了他漆黑的視野。

他低頭望著自己的雙手，而珠雫的屍體竟然——

整個消失不見，只留下衣物。

接著，下個瞬間——

「放心吧，艾莉絲。」

珠雫清亮的嗓音迴盪在整個地下訓練場。

「……咦！」

「什、什麼!?」

有栖院與華倫斯坦驚訝地四處搜索珠雫的身影。

但是珠雫依舊不見蹤影。

不、不只如此，散落一地的內臟與血跡也一併消失無蹤。

「怎、怎麼回事!?到底發生什麼事!?」

這個狀態已經遠遠超越華倫斯坦的理解範圍，他不禁狼狽地大喊著。

而她——就這樣出現在華倫斯坦與有栖院中間。

黑鐵珠雫有如煙霧聚集而成的幻像，一絲不掛，但是身體完好無缺地出現在兩人眼前。

接著，開口說道。

「沒問題——我會贏的。」

「珠雫，妳還……活著嗎？」

有栖院彷彿看到幽靈似的，凝視著珠雫。

他還沒搞清楚狀況。

而另一方面，華倫斯坦則是——

「這怎麼可能……！」

身經百戰的直覺，使他思索出一種狀況。只有這個現象，才有辦法讓事態發展至此。

而他為了確認這個直覺，試圖對眼前的珠雫揮劍。

而珠雫絲毫不打算閃避，直接承受這一斬。

華倫斯坦的靈裝再次斬斷珠雫的身體。

但這次連血都不噴一滴。

他感覺像是劈開煙霧一樣，感受不到任何感覺。珠雫的影像則是分了開來，馬上又恢復原狀——

華倫斯坦目睹這個狀況，終於肯定了。

「妳、妳竟然……！把自己的肉體**汽化**了——!!」

珠雫搖曳的身姿則是淡淡彎起：

「嘻嘻……真不愧是叔叔，你沒白白多活我幾年呢。」

珠雫的笑容帶著一絲嗜虐，語帶嘲諷地肯定了他。

沒錯，珠雫活下來的手法正是如此。

「我在選拔戰敗給〈雷切〉之後，一直在思考。」

——自己雖然技巧靈活，但是卻缺少決定性的力量。

她總是被逼到極限，最後受了致命傷。

——到底該怎麼辦？

「不斷、不斷地思考……然後我某天終於想到了。是啊，**就是因為有肉體在，才會受傷**。」

那麼只要消除這個要素就可以了。

這個招數便是由此而生。

屬於水之魔術的一端，運用作用於人體的治癒術，將自己的肉體分解之後，再次構築為粉塵或氣體的程度，如此一來，肉體便不受斬擊或打擊的影響。此為伐刀絕技——

「〈水色輪迴〉——雖然只是靈機一動，不過還挺厲害的對吧？」

珠雫有些自傲地說著。

華倫斯坦見狀，臉色終於大變。

「妳說靈機、一動……！妳真的知道自己做了什麼嗎!?」

華倫斯坦會如此心旌動搖，也是在所難免。

雖說只是短時間，但〈水色輪迴〉卻是**自己斷絕自己的生命**。

「即使妳以一流的魔力控制描繪出再構築的術式，但要是死後沒有發動，一切就完了……！不，就算術式能正常發動，人體可是由數十兆的細胞組成，只要再構成的過程中出了任何差錯，根本不知道會產生什麼樣的後果……！更別說妳要把這個術式用在自己身上……！妳瘋了嗎……!?」

這一招能將物理攻擊無效化，益處的確是相當大。

但相對來說，此招必須擁有異常高超的技術，風險也非常大。

而珠雫面對狼狽不堪的華倫斯坦，只說了一句話。

「我才沒有瘋。我只是相信，我做得到。」

她若無其事地這麼說道。

「〜〜〜〜！」

華倫斯坦聞言，他肯定了。

他們犯了一個大錯誤。他們雖然事先獲得破軍的情報，他們卻只著重在史黛菈・法米利昂一個人身上。

眼前的〈深海魔女〉，雖然才能與史黛菈大相逕庭，卻和她一樣，是一名超乎想像的天才。

（被她擺了一道……不過我還沒輸——）

華倫斯坦心想，並且重新擺開架勢。

但是面對這樣的他——

「哎呀？**你以為你還能戰鬥啊**。」

珠雫輕聲笑著，彷彿在藐視對方。

「妳說什麼——!?」

華倫斯坦才剛從〈水色輪迴〉的衝擊中回過神，下一秒，他便察覺自身的異狀。

「咳咳、嘎、嘔、嘔嘔……~~~~!?!?」

呼出的空氣，吸不回來。肺臟完全吸不到空氣。

彷彿溺水似的——

沒錯，他的確是**溺水**了。

「把人類的**肺臟灌成了水球**之後，竟然會變成這副德行，我還是第一次見到。這一招可不能用在同學身上呢。」

處於〈水色輪迴〉狀態中的珠雫，等於和周遭的空氣同化了。

因此也能操縱這一帶的空氣。

——就連華倫斯坦吸入的空氣，也是一樣。

華倫斯坦擁有操縱「摩擦」的能力。這項能力對於外部而來的衝擊或斬擊，的確是效果超群。不過——

「如果是在體內，也管不了什麼摩擦力了吧？」

「嘎、呃、嘔嘔……！」

華倫斯坦沉溺在隱形的大海中，終於不支癱倒在地，彷彿被撈上陸地的魚一樣，雙眼睜大，嘴巴不斷地開闔，索求著空氣。

「嗯？什麼？你說什麼？」

「救、救………！救救……咳呵！」

「啊，你希望我救救你嗎？」

這是名副其實的投降宣言。

華倫斯坦判斷自己不可能繼續戰鬥，因此向珠雫舉起白旗。

「我才不救你呢。」

珠雫殘酷一笑，接著打了個響指。

下個瞬間，華倫斯坦全身噴出血霧。

「～～～嘎啊啊啊啊啊啊啊啊啊啊啊啊啊啊!?!?!!」

數十支冰槍撕裂華倫斯坦的肉體，從他的體內飛射而出。

這一擊徹底擊潰了〈獨腕劍聖〉的意識。

華倫斯坦口中流出血水，昏了過去。

珠雫彷彿在看垃圾一樣的眼神，低頭注視昏厥的敵人。

「我不像哥哥那麼善良，也不像史黛菈同學那樣天真。凡是揮刀相向的敵人一定要徹底擊潰——你找碴找錯人了。」

珠雫走向渾身慘不忍睹的華倫斯坦，剝下他身上的大衣。

接著遮起自己的肌膚，從敗者身上移開視線。反正她對他也沒多大興趣。

於是，〈獨腕劍聖〉與〈深海魔女〉的戰鬥就此畫下終止符。

◆◇◆◇◆

「實際上試過之後也還過得去……我也不是省油的燈呢。」

珠雫再次構築了自己的肉體，握了握手掌，確認肉體的觸感。

感覺沒有什麼不對勁，再構築的魔法確實產生作用了。

但也不是完全沒有問題。

「……不過頭腦用過頭，感覺真不舒服。」

太過高度的魔法程序使得大腦發出哀號。

珠雫的頭蓋骨中彷彿被人攪和一遍似的，再次體認到自己的不成熟。

暫時不要輕易動用這一招比較好。

珠雫確認著自身的狀況——而有栖院依舊訝異不已地問著珠雫。

「珠雫……妳真的、還活著嗎？」

「別這樣，說得好像人家是幽靈似的。」

珠雫一臉不開心地說著。

但有栖院會這麼質疑，也是理所當然的。

珠雫施行的魔法就是如此的出神入化。

「〈水色輪迴〉這個主意雖然挺不錯的，不過考慮到一旦使用，衣服會直接脫落這點，實在得想個辦法解決。這麼丟人的樣子，可不能讓哥哥看見呢。」

不過當他看著珠雫一如往常的模樣，安心也凌駕於驚訝之上。

「……哈哈、是啊。妳真的、還活著，太好了。」

有栖院當場坐倒在地，喜極而泣地注視著眼前的現實。

「真的是、太好了…………」

而珠雫看著這樣的有栖院——

「那是我的台詞。」

珠雫嘟著嘴走近有栖院——接著彎下腰，抱緊他的頭。

她的舉動是那麼的溫柔，充滿慈愛。

「我也是……我以為妳已經被殺了。」

「珠、珠雫……」

「真是的，別讓我太擔心啊……姊姊。」

珠雫的嗓音微微顫抖，她是衷心為有栖院的生還感到欣喜。

而她帶著顫抖的呼喚——

「……」

震撼了有栖院的心底。

稍早掠過腦中的情感再次燃起。

一開始，他想起的是妹妹們注視著染血的自己，布滿著恐懼的神情。

他見到她們的神情，認為自己不該繼續留在那裡。

自己已經是殺人凶手，不能待在她們身邊。

於是，他擅自認為，珠雫一定也會用同樣的眼神看著自己。

特別是珠雫，她一定不希望自己繼續待在她身邊。

但是，如果……

如果珠雫還願意稱呼這樣的自己為「姊姊」——

「人家……還能繼續……待在珠雫身邊嗎……」

「我是這麼希望的。這個理由還不足以留住艾莉絲嗎？」

珠雫懷中的頭輕輕搖晃。

沒有這回事，這個理由太足夠了。

「謝謝妳……珠雫……」

「這樣就扯平了。」

珠雫愉快地笑了起來，輕聲說道。

有栖院立刻就理解她的意思。

——話說回來，以前在珠雫敗給〈雷切〉之後，他也曾經這樣緊緊抱著珠雫。

「…………真的呢。」

有栖院為這少許的偶然感到開心，回以微笑——並且在心中發誓。

他絕不會再度背叛她。

只要這女孩還希望自己留下，他會繼續待在這裡。

守護著她，以及她所愛的人。

因為自己也同樣愛著這些人——

他們的模樣，正是自己衷心期望的模樣。有栖院希望有一天成為像他們一樣，能以自身為傲的人。

◆◇◆◇◆

黑乃感受到的魔力波動，是至今從未體驗過的奇妙波動。

疑似是黑鐵珠雫的魔力，竟然大範圍地散布出去，而且細微到幾乎感知不到。

緊接著，它又突然聚集為人形大小。這種波動實在是脫離常軌。

她的魔力為什麼會出現這樣的波動？

黑乃知道珠雫的能力，她立刻就察覺原因。

「她先把自己分解之後再構築了啊。」

這幾乎等於是模擬**復活術**，她的技術實在是神乎其技。

「……真是的，有什麼樣的哥哥，就有什麼樣的妹妹。這對兄妹真是有夠誇張。」

黑乃像是傻了眼似地嘀咕著。接著再次仔細探索地下的狀況。

按照魔力的反應來看，敵人似乎已經不再有動靜了。

周遭的驚喜應該都消失了。

黑乃瞬間鬆了口氣——接著抬頭望向西方的天空。

（這邊總算是結束了。寧音，妳那邊不知道如何了——）

◆◇◆◇◆

「〈黑刀・八咫烏〉——」

「〈斷月天龍爪〉——！」

黑色閃電從夜空降下，魔力之刃與龍捲之劍互相碰撞，兩名騎士分別被彈向後方。

〈烈風劍帝〉黑鐵王馬滑落到山間的產業道路上，嘖了一聲。

「到了第三發，威力果然還是會下降。」

另一方面，嬌小的和服女子——〈夜叉姬〉西京寧音彈向與王馬反方向的空中。

她輕巧地在空中迴轉過身，降落在葉暮姊妹面前。她們已經被逼到這座杳無人煙的深山中。

「老師！」

「看來是在最後一刻趕上了呢。」

「嗚嗚、得救了……」

「是啊，辛苦妳們了，已經沒事囉。」

西京確認了一下，兩人以及昏迷的史黛菈全都平安無事，心中便鬆了口氣。

「接下來……」

她立刻重新望向眼前的敵人。

曉學園——西京朝著其中唯一認識的人物，開口搭話。

「小王馬，小學盃（Little）之後就沒見面了呢。你長得可真壯啊。」

「妳倒是沒什麼變。」

「干你屁事——好了，你快告訴妾身吧。這到底是什麼鬧劇啊？你應該願意告訴妾身吧？」

西京展開手上的武器——鐵扇，輕輕遮住脣口，一面問向王馬。

但回話的不是王馬，而是站在他身後的天音。

他露出天真無邪的獨特笑容，回答了西京的疑問。

「如果您答應把那邊三個人都交給我，我就告訴您一切真相。您覺得這個交易如何？」

下個瞬間——

「哈哈，交易啊——喂，小鬼。」

空氣中彷彿響起了碎裂的聲響，接著瞬間緊繃——

「區區一個屁孩，別學大人說話！」

「重量」忽然襲向曉所有成員的身上。

「唔啊……！」

不，不只是曉。

隱形的重量重重壓在以西京為中心半徑二十公尺的空間上，造成地盤下陷。

這是西京操縱「重力」的能力，伐刀絕技〈地縛陣〉。

等同於平時十倍以上的重力，突然壓在曉成員身上，所有人都趴倒在地，彷彿即將陷進地面。

只有一個人能在這股重力之下，眉頭都不挑一下，直接面對西京的威嚇。那就是王馬。

王馬緩緩舉起〈龍爪〉，刀尖指向西京。西京也同樣舉起雙手的鐵扇，以重力這股純粹龐大的能量，構築成刃，也就是〈黑刀・八咫烏〉——

雙方燃起鬥志，眼看衝突一發不可收拾——就在這個瞬間。

「啊——停下、停下！請等一下！」

〈小丑〉平賀玲泉一身跑錯場合的裝扮，忽然介入兩人之間。

他將有栖院送到華倫斯坦身邊後，立刻掉頭回來，此時終於趕到夥伴的身邊。

「各位，請先撤退吧。就放了那三個人也沒關係。」

他開口催促曉一行人撤退。

「——可以嗎？」

「當然。我們已經給了他們十足的衝擊了。而且一對上〈夜叉姬〉，我們這邊的風險實在太高了。〈夜叉姬〉要是認真大鬧一場，王馬或許沒事，但是我不認為其他成員會毫髮無傷。而且七星劍武祭近在眼前，贊助商也不樂意見到我們先『倒下』，請各位收手吧。」

「……哼。」

王馬聞言，則是百般無趣地收起刀。

「〈夜叉姬〉也願意就這樣放過我們吧？」

而西京則是——

「…………」

短暫沉默之後，將雙手的鐵扇收進寬大的和服袖子裡。

敵人占多數，一旦進入戰鬥，自己或許沒事，但身後的學生們可不一定能平安無事。

身為教師，必須守護學生。那麼她也沒理由拒絕這個提案。

「——屁孩們，你們可要感謝上帝啊。要不是妾身剛好身為**老師**，不然你們就倒大楣了。」

「衷心感謝您的諒解。」

於是，以破軍學園遭襲為開端，所引發的一切騷動——〈前夜祭〉，正式閉幕。

以平賀玲泉為首的所有曉成員，不再理會葉暮等人，消失於黑暗之中。

山間的微風吹動樹葉，枝葉婆娑的聲音迴盪在山路之間。

「——贊助商啊。」

西京默默反芻著平賀的話語，神情苦澀地望向天空。

「小黑，這下事情可麻煩啦。」

終章

幕後黑手 fixer

由曉學園一手造成的破軍學園襲擊事件，伴隨著破軍學園總校舍熊熊燃燒的影像，一同在各大新聞之中報導給全國觀眾。

自稱曉學園的恐怖分子，犯下前所未見的暴行。對此，七星劍武祭營運委員會立刻開始追究責任，甚至考慮剝奪曉學園成員們的學生騎士資格。

每個人都認為他們會遭到嚴厲的處罰，逮捕，拘禁。

當然，也不可能出賽七星劍武祭。

但是——一位自稱曉學園「理事長」的人物登場之後，情況急轉直下。

一名中年男子自稱是曉學園理事長，並且出現在各大媒體上。他的名字，叫做月影獏牙。

他是現任的內閣總理大臣，也就是日本這個國家的最高首長。

而當他遭到彈劾的當下，並不是道歉，也沒有表現出任何歉意。

他只是露出了爽朗的笑容——這麼說道。

「很棒對吧?這很驚奇吧。聯盟所屬的學園根本不堪一擊。這就是『國立・曉學園』的強大!他們將會代替聯盟走狗的七星學園,承擔日本的未來!」

他是如此的語出驚人。

他將藉由國立曉學園在七星劍武祭奪冠,來終結〈國際魔法騎士聯盟〉所**支配**的伐刀者教育體系,取回日本的主權。

經由這次演說,事情轉向誰也無法想像的方向,一切就這樣展開了。

不論是警察、司法機構,對於曉學園的暴行完全沒有任何動作。不只如此,他們甚至主張「破軍學園襲擊事件只是純粹的誤報,一切都是在雙方同意的情況下,發生事故罷了。」開始意圖混淆真相。

他們的主張,一般來說根本不可能過關。但是在國家本身的介入之下,要將黑的說成白的,實在非常容易。

以破軍起頭的七校,以及七星劍武祭營運委員會等人,理所當然地大動肝火。

他們立刻打算停止曉學園學生的七星劍武祭出賽權。

但這個行動卻沒有實行。

〈國際魔法騎士聯盟總部〉發出了直屬命令。

他們擔負著日本的伐刀者教育，沒辦法對如此無法無天的舉動視而不見。

因此，〈國際魔法騎士聯盟〉將在七星劍武祭中討伐「曉學園」，證實聯盟所組織的秩序是正確的，以此示眾。

這一切——就如同當時平賀所說的那樣。

敵人的背後，就是這個國家本身。甚至身為母體的〈聯盟總部〉也下了這樣的命令，七星劍武祭營運委員會以及七校的負責人沒辦法再多做些什麼。

最後，聯盟方的主張音量逐漸轉小，曉學園掛上了這樣的招牌：「僅僅七名學生便能迫使破軍學園半毀，新銳的強者集團」注目程度也隨之提升，最後做為七星劍武祭的「第八所學校」，正式參賽。

◆◇◆◇◆

「抱歉。」

黑乃說明完破軍襲擊事件後的始末後，她為自己的無力向一輝與珠雫兩人道歉。

而一輝則是請黑乃抬起頭。

「別這樣，不是理事長的錯啊。」

「是啊。不過真是驚人……沒想到他們的背後，竟然是**這個國家本身**。」

「這個火種一直都在，而且是從第二次世界大戰之後，從未消失。」

黑乃聽了珠雫的低語，這麼回答著。

原本，這個國家加入聯盟的時候，就並不是相當圓滿。

第二次世界大戰後，反戰風氣盛行。當時的日本首相為了阻止帝國主義的流竄，甚至主動放棄領土，改走和平路線。而日本加入〈國際魔法騎士聯盟〉，也是其中的一環。

「但是這個行為，等同於主動放棄強國的權力。

當時反對派相當激烈，甚至走向以血洗血的政治抗爭。

當時的首相雖然強行跟上國際性的和平路線，但當時的不和依舊留下了影響。有人認為，日本即使不像俄羅斯或美國那樣加入聯盟，只靠我們自己的力量，也能夠以一個大國的身分存在於世；有人真的打算將日本變成這個樣子；有的人雖然沒有這麼偏激，但是他們也把『國際魔法騎士聯盟』與『政府』的兩立視為問題。現在沒有〈聯盟〉的許可，就沒辦法培育伐刀者，或是懲罰伐刀者。他們沒辦法滿足於這個現狀——

這樣的勢力在『政府』或是『聯盟分部』都相當多。」

「『聯盟分部』也是嗎？」

「現在的『聯盟分部』就是曾經的『武士局』——那是日本還把伐刀者稱作武士的年代，直屬日本政府的伐刀者軍團。現在只是把它直接分割出來，改了個名字，變成聯盟分部。他們和『聯盟總部』關係並不是很好，畢竟在他們看來，這麼做等同於自己的權力被剝奪了。不過這也是強行走上國際和平路線後，所產生的扭曲。而且輿論中也有不少『反聯盟』的意見。」

他們跟部分的極端分子不同，不過卻認為「反聯盟」的主張才符合道理。他們認為「自己國家的軍人竟然要靠別國的制度來培育，實在很奇怪。」

不過也有身處在聯盟之下才能獲得的恩惠，很難說哪一方的主張是正確的——

「……他們便是在這種輿論的推動下，花了半個世紀逐漸擴大勢力，才成為今天的執政黨。所以，或許這次事件也是必然會發生的。」

「簡單的說，月影總理的企圖，就是藉由七星劍武祭這個聯盟展示成果的場所，來正面否定聯盟的成果，從聯盟手上取回伐刀者教育的權利，這樣說沒錯吧？」

「這還只是**比較好**的預想罷了。最糟糕的狀況，他們的目的可能是**完全切斷與聯盟的關係**。」

「曉學園本身是經由〈解放軍〉這個恐怖分子組織提供人才的，這件事應該會有影響吧？」

「能證明曉學園的學生為〈解放軍〉成員這件事的，只有有栖院的證言而已。要是他們打死不承認，真的也拿他們沒辦法。假如真的出現決定性的證據，政府也會盡全力封殺掉吧。像這次襲擊破軍的事件一樣。」

黑乃嘆了口氣，叼起香菸。

「我到現在還不敢相信，月影老師竟然會做這種事……」

她苦惱地呻吟著。

「理事長認識月影總理嗎？」

「我還在破軍學園的時候，他就是理事長。印象中是個相當知性且理性的人物，非常值得尊敬……他成了政治家之後究竟發生什麼事了呢？」

黑乃吐出了疑問，並且點燃香菸。

仔細一看，理事長室辦公桌上的菸灰缸，擠滿了菸蒂，看起來簡直像是海膽。

看來她應該相當煩躁。

「總之，曉學園已經正式確定出賽七星劍武祭了。他們幾乎所有人都是地下社會的菁英，今年的七星劍武祭可能和往年完全不同。而我身為教師，認為應該重新確認代表選手是否還願意參賽。所以才請你們過來。」

「原來如此。」

一輝終於理解自己，為什麼會被叫來理事長室。

「有栖院、貴德原，以及葉暮姊妹四人都已經退出了。有栖院應該是覺得有責任。貴德源則是想待在東堂他們身邊，他們的意識還沒清醒呢。最後是葉暮桔梗與葉暮牡丹……她們兩個人親眼目睹曉的力量，恐怕是意志消沉了吧。」

「……是這樣啊。那就沒辦法了。」

「你呢？你想怎麼做？這次終究是有內情的，我跟你的約定不如等到下次機會——」

「不，沒問題。」

一輝途中打斷了黑乃。

因為一輝不需要她讓步。

一輝心意已決。

「我會參加七星劍武祭，約定維持原狀沒有關係。」

「可以嗎？」

「是。對我來說，今年的七星劍武祭，和往年並沒有什麼不同。不過是地下世界的強者，闖進了只有表面世界的騎士祭典而已。七星劍武祭的主旨是**決定日本最強的學生騎士**，或許今年的七星劍武祭，才是它原本的樣貌。」

那麼——

「正合我意。我們學生騎士才不管月影總理他們在想什麼，我還是像以往一樣，堂堂正正的參戰，走向我和史黛菈約定的地方。」

一輝回答的語氣相當堅強，而從他的神情看來，他也已經做好覺悟了。

「……而且，我也有在意的對手。」

「〈烈風劍帝〉嗎？」

「不。」

一輝馬上否定了。

「我在意的不是王馬大哥，而是另有其人。」

「……比〈烈風劍帝〉還要在意？是誰？」

「原巨門學園代表，紫乃宮天音。」

「哥哥，你是說那位長得很可愛的男孩子嗎？」

一輝點頭肯定了珠雫。

而黑乃則是微微感到疑惑。

「……他看起來並不是那麼值得注目啊。」

「我也這麼認為。」

「什麼意思？」

「他和王馬大哥不同，並沒有那麼卓越的霸氣。在曉學園成員當中，也不太起眼。這個印象也近乎正確，他並非曉學園之中有力的騎士……不過不知為何，他在我心目中的印象相當深刻，還伴隨著強烈的厭惡感。我自己都相當訝異——」

到底為什麼只有天音，會帶給他那麼強烈的厭惡？

一輝自己也搞不清楚。

因此更是在意得不得了。

「我想知道，自己為什麼會如此忌憚天音同學的存在。」

即使現在他不懂，但其中一定有什麼理由。

黑乃則是點了點頭，表示了解。

「……的確，我也覺得黑鐵不會莫名其妙討厭一個人。或許那名名叫紫乃宮的男孩，有著**只有你才注意得到的某種特質**——總之我了解黑鐵的心意，會讓你繼續參賽。」

「謝謝您。」

一輝道謝之後，問了一件在意的事。

「理事長，史黛菈……她會參賽嗎？」

黑乃對此淡淡一笑。

「我今天早上問她的時候，她二話不說就答應了。她說：『都被小看到這種地步了，我能吞得下這口氣嗎？』」

「這回答真有史黛菈同學的風格呢，哥哥。」

「……是啊。」

一輝輕輕點頭。

「啊，我想起來了。黑鐵，她要我轉答你：『直到七星劍武祭開始之前，這一個星期她都不會回宿舍。』還有，她說：『她不在的時候，不能讓珠雫來宿舍過夜。』」

「我拒絕。」

珠雫立刻回絕後半句，接著有些疑惑地抬頭看向一輝。

「不過她究竟是怎麼了呢？竟然一個星期都不回來。」

「——是啊。」

珠雫這麼問道。而一輝則是想起……昨晚，他和史黛菈一起去探視尚未回復意識的刀華與泡沫，當時她說過的話。

她透過玻璃凝視依舊沉睡的兩人。

雙手幾乎要握出瘀血，語氣顫抖地說道。

『我從來都不知道，原來弱小這件事，是這麼的痛苦……』

「……史黛菈一定也考慮了很多事。」

那句台詞，那些眼淚，史黛菈一定不想讓別人知道。

因此一輝語氣曖昧地模糊焦點。

「再來，黑鐵珠雫，我有重要的事要跟妳談。」

黑乃的話題忽然跳到一輝身旁的珠雫。

「是。請問是什麼事？」

「實際上，貴德原彼方、有栖院凪、葉暮桔梗、葉暮姊妹，以上四名選手除了退賽以外，還希望將自己的參賽權轉讓給妳。在這次的騷動中，只有妳取得勝利，妳的實力無庸置疑。如果妳願意接受的話，我會再做調整……妳怎麼看？」

「…………」

珠雫的表情沒有驚訝。

或許有栖院事前就已經跟她報備過了。

珠雫毫不猶豫地點頭答應。

「當然，我很樂意參賽。」

「那麼就這麼定了。」

黑乃說完，便在手邊的資料上寫上什麼，接著蓋章。

接著她抬起頭，看著眼前的一輝與珠雫，緩緩開口。

脣邊帶著一絲無畏的笑意——

「今年雖然發生了往年不可能有的突發狀況，不過就像黑鐵剛才說的，不管七星劍武祭藏著什麼大人們的陰謀，你們都不需要在意。七星劍武祭的主角就是你們，學生騎士。

這次有了〈解放軍〉的意外參戰，你們學生也有個好機會，能面對平時無法接觸到的敵手。這次的祭典聚集了不分表裡所有的強者，是決定真正的日本第一。這麼棒的舞台很難有第二次了，你們就盡情考驗自己，盡全力享受這一切吧！」

「「是!!」」

◆◇◆◇◆

同一時間。

史黛菈・法米利昂出現在東京都內的ＫＯＫ聯盟選手專用的體育館前。

她在這裡等待某個人物。

「這還真是難得，沒想到會在這裡見到妳啊。」

來者，是〈夜叉姬〉西京寧音。

西京待在破軍學園時，經常使用這個設施。

「我在等寧音老師。」

「喔？妳找妾身有何貴幹哪？公主殿下。」

西京已經隱約察覺史黛菈的內心，主動詢問她的來意。

史黛菈一臉堅決——又或者是彷彿鑽了牛角尖似地答道：

「直到七星劍武祭為止的一週之內，希望老師能幫我做特訓。」

「妳還真是突然。什麼風把妳吹來這了？」

史黛菈聞言，不禁咬緊雙唇。

接著拚了命似地擠出答覆。

「……打從我贏不過刀華學姊那時候，我就隱約感覺到。但是這次的事件，已經徹底打醒我了。」

王馬的〈斷月天龍爪〉壓制自己的觸感。

那觸感至今仍然活生生地留在史黛菈的雙手中。

她是有生以來第一次體驗，自己在最擅長的「攻擊」上輸給他人。

這次敗北的打擊，再加上刀華為了守護自己，至今仍然陷入昏迷，一個殘酷的現實擺在史黛菈眼前。

「我、很弱……這樣的我，根本沒辦法抵達和一輝約好的地方。」

「所以妳希望妾身幫妳做特訓？」

史黛菈用力點頭。

「就我所知，寧音老師是這個學園最強的人！所以我希望寧音老師能在剩下的一週裡指導我！拜託您！」

「……如果妾身說不要呢？」

史黛菈深深地低下頭。當西京這麼問道，她只是微微抬起頭。

「要是有火星掉到自己身上，不管是誰都會伸手揮掉。對吧？」

她垂下的瀏海深處，視線銳利地刺向西京。

要是西京不願意理會，她就要逼她奉陪。

西京如果當場拒絕的話，她恐怕會立刻攻擊西京。

她的視線是這麼說的。

西京聽聞她的自白，心中只能輕輕嘆息。

（看來是被逼到極點了。）

西京已經察覺了。

現在的史黛菈——正在奮力掙扎。

從未體驗過的壓倒性敗北。

從未感受過的無力。

不甘心，痛苦不已，不論如何總之想做點什麼，卻不知道該怎麼辦，她只能痛苦得不停地掙扎。

因此，想做自己所能做到的，最困難的事。

要是不做些什麼，坐著不動的話，不安就會狠狠壓垮她。

（老實說，這個時候她應該先冷靜下來才對。）

焦慮逼得她進行過度的鍛鍊，反而異常危險。

更何況，她真的沒有什麼東西能教她。

史黛菈天資之優秀，實在是異常中的異常。

這名天才擁有世界最強的魔力。凡人要是輕易教導她，等到她養成不好的習慣，反而是阻礙她的成長，這對史黛菈來說才是最大的扣分。

因此她身為「教師」，更應該勸她冷靜。

不過——

（……她看起來真的挺可憐的。）

西京看著史黛菈懊惱得一副泫然欲泣的模樣，有些於心不忍。

長期來看，先讓她冷靜下來，的確最好的辦法。

史黛菈的資質絕對是一等一的，這點是無庸置疑。

等到她從破軍畢業之後，恐怕連〈烈風劍帝〉都不是她的對手。

西京輕易就能想像那樣的未來。

不過——

那也是三年後的事了。

事實上，現在的史黛菈依舊焦躁不安。要是將範圍侷限在今年的七星劍武祭，現在的史黛菈恐怕很難撐到決賽。

史黛菈自己也心知肚明，所以才想盡辦法掙扎。

（妳是大器晚成型的……不過這年紀的孩子才聽不進這種道理呢。）

西京回想自己的學生時代，內心淡淡地苦笑。

自己年輕的時候胡作非為，只為了尋求眼前的強悍與結果。

最糟糕的例子，就是和黑乃的那次廝殺，最後甚至慘遭強制戰敗。

那時候真的是只有眼前的一切而已。

她根本沒有想過未來的事。

她甚至認為只要贏過眼前的傢伙，她死都甘願。

（年輕人也有年輕人的觀點。）

擅自揶揄那份**青澀**也不是好辦法。

不過要強迫鑽牛角尖的年輕人像個大人一樣合理思考——

（那才是真正**不合理**呢。）

因此西京這麼提議：

「……那麼，史黛菈，妾身也提出一個條件，只要妳願意，妾身就奉陪到底。」

「真、真的嗎!?是什麼條件!?」

「很簡單。妾身會陪妳特訓，不過**妾身什麼都不會教妳**。」

「咦……？」

「也就是說，剩下的一個星期裡，妾身只會一個勁地打得妳滿頭包。妳的身體可能會因此受傷，或許意志會比以前更消沉。妾身絕對不會手下留情，就是要擊潰妳。如果妳同意這樣的特訓，妾身就奉陪。」

「也就是說，要我在這個期間自己抓到訣竅囉？」

「沒錯。妾身也不保證妳能找到答案——如何？」

這是西京所能想到的最大讓步。

她只會展現她的力量，讓史黛菈認知到自己的無力。

剩下的就讓她自己找方法解決，她辦不辦得到不干西京的事。

這實在不像是一名教師該提出的建議——

不過對現在的史黛菈來說，可是魅力十足。

史黛菈如此掙扎著，總之就是希望有個方向。

為了變強，她希望抓住前進的契機。

如果有找到的可能性，那麼她沒理由拒絕。

「這樣就夠了！非常謝謝您！」

「那妳就跟妾身來吧……妾身會在這一星期讓妳見識見識，什麼叫做真正的地獄。」

於是，參賽者們以各自的方法度過了最後一週。

不論表裡，不論大人或孩子，他們將一切的願望與野心交織成漩渦，聚集在七星劍武祭上。

而在開幕式的兩天前，賽程表終於發布了。

黑鐵一輝見到公開的賽程表，彎起脣角，浮起了微笑。

而他的笑容是自信，又或者只是苦笑？

扣掉事前棄權的選手，最終參加人數為——三十二名。

而在這三十二名選手中，擔任一輝第一戰選手的人是——

武曲學園三年級。

〈七星劍王〉諸星雄大。

他是去年七星劍武祭霸者。

同時也是這個瞬間，立於日本學生騎士頂點的男人。

後記

非常感謝各位購買《落第騎士英雄譚》第四集。

我是作者海空陸。

第四集，不知道各位是否看得還盡興？

這一集實在是一輝的大凶日啊。

・親生哥哥變成可疑組織的跑腿。

・遭遇野生的大魔王索馬（註4）。

・有個跟「烈火終結令」的勞勃・狄尼洛一樣「非常那個」的人。

・七星劍武祭第一戰就要跟前次大賽冠軍打。

條列出來之後感覺更不幸了。根本是命犯天煞衰星。

雖然我覺得每次都是這樣，不過他的運氣也是F級的，沒辦法。

因此第五集的故事將會以一輝與諸星雄大選手的對決為中心。他不但是現任

註4　大魔王索馬：出自勇者鬥惡龍3，為該作的最終魔王。

〈七星劍王〉，同時也曾經在去年擊敗〈雷切〉。我打算一開始就火力全開，催動引擎用力寫下去，敬請期待！

另外，我想書腰也有了通告，《落第騎士英雄譚》的漫畫版終於開始連載了！自己的作品能夠漫畫化，這對我來說也是完成了一個相當大的目標，我也非常開心。我在《斷罪的EXCEED》、《她那過於束縛的愛戀！》（暫譯）的時候沒有達成的夢想現在終於實現了！這都歸功於支持這個作品的各位讀者！非常感謝各位！

各位讀者看到這篇後記的時候，GANGAN ONLINE應該已經刊載出漫畫版的第一話了。這次的漫畫版，是有了各位讀者的支持才實現，也希望各位一定要看一看！我自己也期待得不得了！

最後，感謝編輯部的各位，總是努力協助我改稿。同時要感謝ＷＯＮ，在故事邁入新章的同時，做出大量的新人物設定，真的非常謝謝你。天音和莎拉·布拉德莉莉和我的想像非常契合，我收到設定的時候興奮到不行啊。

最後再次感謝各位讀者，謝謝你們的支持，這部作品才能延續到第四集。全國篇即將開始，希望各位能一起陪伴我，直到七星劍武祭的最後。

那麼，我們第五集再見！

一個身體裡擁有兩個最強前世
——換言之就是「超最強」吧！？

聖劍使的禁咒詠唱
1
The Swordbringer
Comes back.

聖劍使的禁咒詠唱 ❶

作—淡群赤光　繪—refeia　N32K.NT.220元

在能將前世記憶轉化為力量的轉生者學園中，史上首位兩股前世之力《劍聖╳禁咒使》同時覺醒者諸葉，開始踏上無比奇特的命運旅程！為解救結下永世羈絆的兩名摯愛，與前世共鳴的學園劍鬥魔法物語——少年要在紛亂的現世，殺出一條血路！

前世妹妹
劍聖
前世妻子
禁咒使
嵐城早月
前世為「聖劍的巫女」，傾慕當時身為親生哥哥而無法結合的諸葉，一心期待於今世重逢。
灰村諸葉
同時擁有兩段前世記憶的少年。曾以「劍聖」身分對抗暴君，也曾化身「冥王」與世界為敵。
漆原靜乃
前世為「王佐的魔女」，被當世的諸葉所救而脫離幼奴生活，成人後獻身為其左右手與妻子。
今世情敵?!

聖劍使的禁咒詠唱
聖劍使的禁咒詠唱
World Break
淡群赤光
插畫：refeia
「我的唇……你不記得了吧。」
劍聖╳禁咒使！學園劍鬥魔法物語！
The Swordbringer
Comes back.
Copyright © 2012 Akamitsu Awamura
Illustrations © 2012 refeia
SB Creative Corp.

BOY・MEETS・HEART!

鳥羽徹 著
H_2SO_4 繪

白鳥士郎
SHIROW SHIRATORI
繪者 切符
NO-RIN
農林 1
白鳥士郎
SHIROW SHIRATORI
繪者 切符
NO-RIN
農林 2
白鳥士郎
SHIROW SHIRATORI
繪者 切符
NO-RIN
農林 3
白鳥士郎
SHIROW SHIRATORI
繪者 切符 KIPPU
NO-RIN
農林 4
超人氣農業學園爆笑愛情喜劇！
現在正是收成的秋季——
NO-RIN
農林
白鳥士郎 著
繪 切符

徵稿

輕小說
BL 小說
徵稿中

尖端出版誠徵輕小說／BL 小說稿件。錯過了一年一度的浮文字新人獎嗎？現在也有常設性的徵稿活動囉！歡迎對寫作有熱情的朋友，一起來打造臺灣輕小說／BL 小說世界！

1. 投稿內容：

★以中文撰寫，符合尖端出版定義之原創長篇「輕小說／BL 小說」。
★題材、形式不拘，但不得有過當之血腥、色情、暴力等情節描寫。
★稿件需為已完成之作品，字數應介於 80,000 字至 130,000 字間（含全形標點符號，以 Microsoft Word「字數統計功能」之統計字元數（不含空白）為準）。
★投稿時請註明：真實姓名、筆名、聯絡方式（手機、地址）、職業。
★投稿時請提供：個人簡歷（作者介紹）、人物介紹、故事大綱及作品全文，以上皆請提供 WORD 檔。

2. 投稿資格：

BL 小說投稿需年滿 18 歲；輕小說無投稿資格限制。

3. 投稿信箱：

spp-7novels@mail2.spp.com.tw

★標題請註明：【投稿輕小說／BL 小說】作品名稱 by 作者名
★審稿期約為二～三個月，若通過審稿，編輯部將以 EMAIL 回覆並洽談合作事宜；未通過審稿者恕不另行通知。

4. 注意事項：

★投稿者需擁有作品之完整版權。
★不得有重製、改作、抄襲、仿冒或其他侵害他人權益之情事。
★請勿一稿多投。
★若有任何疑問，請直接 EMAIL 至投稿信箱，勿來電洽詢。

尖端出版

浮文字

落第騎士英雄譚 4

（原名：落第騎士の英雄譚 4）

著者／海空陸　封面插畫／WON　譯者／堤風
發行人／黃鎮隆　協理／陳君平　文字校對／施亞蒨
總編輯／洪琇菁　國際版權／劉惠卿
執行編輯／曾鈺淳　美術編輯／陳又荻
企劃宣傳／邱小祐　內文排版／謝青秀
出版／城邦文化事業股份有限公司　尖端出版
台北市中山區民生東路二段一四一號十樓
電話：(〇二)二五〇〇七六〇〇
傳真：(〇二)二五〇〇二六八三
E-mail：7novels@mail2.spp.com.tw
發行／英屬蓋曼群島商家庭傳媒股份有限公司城邦分公司　尖端出版
台北市中山區民生東路二段一四一號十樓
電話：（〇二）二五〇〇—七六〇〇（代表號）
傳真：（〇二）二五〇〇—一九七九
北部經銷／祥友圖書有限公司
電話：（〇二）八五一二—三八五一
傳真：（〇二）八五一二—四二五五
中部經銷／高見文化行銷股份有限公司
電話：〇八〇〇—〇五五—三六五
傳真：（〇二）二六六八—六二二〇
雲嘉經銷／智豐圖書股份有限公司　嘉義公司
電話：（〇五）二三三—三八五二
傳真：（〇五）二三三—三八六三
南部經銷／智豐圖書股份有限公司　高雄公司
電話：（〇七）三七三—〇〇七九
傳真：（〇七）三七三—〇〇八七
一代匯集／香港九龍旺角塘尾道六十四號龍駒企業大廈十樓B&D室
電話：（八五二）二七八三—八一〇二
傳真：（八五二）二七八二—一五二九
新馬經銷／城邦（馬新）出版集團Cite (M) Sdn. Bhd.
E-mail：cite@cite.com.my
大眾書局（新加坡）POPULAR（Singapore）
E-mail：feedback@popularworld.com
大眾書局（馬來西亞）POPULAR（Malaysia）
E-mail：popularmalaysia@popularworld.com
法律顧問／通律機構
台北市重慶南路二段五十九號十一樓
二〇一五年二月一版一刷

■中文版■

郵購注意事項：
1. 填妥劃撥單資料：帳號：50003021戶名：英屬蓋曼群島商家庭傳媒(股)公司城邦分公司。2. 通信欄內註明訂購書名與冊數。3. 劃撥金額低於500元，請加附掛號郵資50元。如劃撥日起 10～14日，仍未收到書時，請洽劃撥組。劃撥專線TEL：(03) 312-4212 ・ FAX：(03) 322-4621。E-mail：marketing@spp.com.tw

國家圖書館出版品預行編目資料

落第騎士英雄譚4 / 海空陸 著 ; 堤風譯.
—1版.—臺北市：尖端出版，2015.02
面 ； 公分.—(浮文字)
譯自:落第騎士の英雄譚
ISBN 978-957-10-5552-7(第1冊：平裝)
ISBN 978-957-10-5650-0(第2冊：平裝)
ISBN 978-957-10-5806-1(第3冊：平裝)
ISBN 978-957-10-5839-9(第4冊：平裝)

861.57　　103003318